РИЖСКИЙ РОМАН. В АМЕРИКЕ

Дмитрий Миллер

Рижский роман. В Америке

Дмитрий Миллер

Редактор Алла Рябцева

Корректор Алена Базлова

Дизайнер обложки Клавдия Шильденко

Повесть «Рижский роман» — автофикшн о любви, дружбе и студенческой жизни. Действие начинается в 1992 году в узких улочках Старой Риги. «В Америке» — продолжение истории.

ISBN: 978-1-764-383301

Персонажи и события, описанные в этой книге, вымышленные. Любое сходство с реальными людьми, живыми или умершими, является случайным и не намеренным автором.

Елене

РИЖСКИЙ РОМАН

Знакомство

Мы бежали за троллейбусом, и Андрей со смехом кричал, пытаясь догнать меня:

— Левченко, сто-о-ой!

Прохожие оборачивались и нас это еще больше веселило. Нам исполнилось по девятнадцать лет, мы учились в универе, и это был май 1992 года. На лекции мы не пошли и решили поехать на море в Юрмалу. Наш третий сокурсник, Миша, должен был ждать нас на привокзальной площади под часами. Выпрыгнув из троллейбуса, мы зашагали по направлению к ним и, приближаясь, наконец увидели его в компании трех высоких и стройных незнакомых девушек. Миша болтал с ними, и я заметил издалека, что одна была почему-то одета в синий обтягивающий спортивный костюм. «Хорошая фигура», — подумал я. У девушки были длинные вьющиеся волосы.

Миша говорил, перебивая самого себя, и я расслышал только:

— Знакомьтесь — Лера, Таня...

Третье имя потонуло в общем шуме. Так и не запомнив, как кого зовут, мы пошли покупать билеты на поезд. Около касс я оказался почти один на один с девушкой в спортивном костюме. Она смотрела прямо мне в глаза, как будто знала меня. А я не мог толком рассмотреть ее лица: зрение у меня было минус семь, а я не надел очки и видел только глаза и волосы.

— Арина, — представилась девушка, продолжая смотреть на меня.

— Дима, — ответил я.

Через пару минут мы уже ехали в электричке. Против моего ожидания расстановка сил оказалась совсем другой: Арина досталась Андрею. Они так и сидели друг против друга, отдельно от всех через проход, и не было слышно, о чем они говорят. Он иногда что-то выпаливал негромко, а она только слушала и кивала.

Все три девушки, как выяснилось, учились на юрфаке университета. Таня была натуральной блондинкой и почти все время молчала. Лера говорила без перерыва. Что-то про Гребенщикова, и очень умное. Видно было, что она уверена в себе. Я нарочно спросил:

— А кто это?

Лера посмотрела на меня с видом миссионерки.

— Темка, это же... — и приготовилась устроить мне ликбез, но Миша ее остановил:

— Он на самом деле знает.

Что меня дернуло с ней ругаться? Я наблюдал за Андреем и Ариной и думал: «Уходит девушка». На море выяснилось, что меня приставили к Лере. Как Миша позже объяснил, она считалась первой красавицей на юрфаке. Мы много болтали, даже было интересно. Нашли общего знакомого — моего бывшего одноклассника Алиева.

— Эльдар — мой лучший друг, — объявил я ей.

— Что же он тебя на свой день рождения не пригласил?

Подбежала Арина и весело крикнула:

— Я тут выяснила кто они по гороскопу. Может поменяемся?

И тут же убежала.

С Лерой мы говорили еще что-то на философские темы. Она вздыхала, и было видно, что ей не все равно. Когда девушка меня не интересовала, я говорил легко и свободно.

Купаться было еще холодно, и мы просто прогуливались еще час или два. Пора было возвращаться в Ригу. На вокзале распрощались с Мишей, который жил в центре, а наши отношения с Лерой закончились, так и не начавшись. Она была уверена, что я провожу ее, но я не торопился, и она пошла пешком в сторону своего дома, ни с кем не попрощавшись. Я поймал недоуменные взгляды Арины и Андрея и все-таки поплелся за ней, чтобы как-то сгладить неловкость.

Мы так и шли на расстоянии до ее дома. Потом она остановилась и сказала:

— Спасибо, что проводил, до свиданья.

— Извини.

Она смотрела на меня так, как будто мы прожили в браке десять лет и сейчас разводимся. Вся ее веселость и даже самоуверенность, которые я видел в начале, исчезли. Это была наша предпоследняя встреча. На углу подождал Андрея, Таню и Арину, они подошли совсем близко, и я наконец спокойно и четко рассмотрел ее лицо.

Общага

Через пару дней девушки, как мы их назвали, «юрфачки», позвали нас с Андреем прогуляться. Общежития двух рижских универов располагались на Тейке — районе Риги в двадцати минутах езды от центра. Это были белые кирпичные здания, какие можно встретить почти в любом бывшем советском городе. И в этих обычных домах на самом деле кипели нешуточные страсти. Там спали, ели и любили сотни молодых людей, у которых все еще было впереди.

Я пришел к Андрею. Он жил в комнате с парнем по прозвищу Сухой, который учился в параллельной группе. Кличку он придумал себе сам. Так и говорил: «Зовите меня просто Сухой».

Что это значило — никто не знал. Поначалу все называли его просто Сашей. Но он был так настойчив, что я через пару лет забыл, как его зовут на самом деле. Меня удивляло, как он одевался. Несмотря на то, что учился он на модном экономфаке, выглядел он совсем по-советски и не думал ни о какой моде. Сколько бы раз я ни приходил в общагу, всегда заставал его в клетчатой рубашке и спортивных штанах, как будто ему было лет пятьдесят. И еще он любил сидеть дома.

Сухой был сыном военного и долго жил в гарнизоне, где нахватался армейского жаргона и циничных частушек, которые были настолько похабны, что мы краснели, хотя сами матерились через каждое слово. Это сочеталось у него с возвышенными чувствами к одной нашей сокурснице, которую он называл почему-то Волчицей, хотя фамилия ее была Мороз.

Девушкам он задавал одни и те же вопросы:

— Где находится аэроклуб?

— Как ты думаешь, почему образуются воздушные ямы?

Хотел, наверное, казаться оригинальным. Единственным человеком, перед которым ему не хотелось умничать, был Андрей, которому он доверял свои самые сокровенные мысли.

Прошли три года учебы, и я так ни разу и не увидел Сухого на людях в женском обществе. Позже он уехал в Россию и в Москве стал работать в строительной фирме менеджером, неплохо зарабатывать и содержал мать и двух младших братьев после смерти отца. Оказался вполне себе положительным персонажем.

В тот день, когда я зашел в комнату Андрея и Сухого в общаге, Сухой сидел на кровати.

— Куда идете? — спросил он.

— К девушкам из соседней общаги, — ответил Андрей.

— Понятно. — Он ехидно улыбался.

— Сухой, если что, пойди к соседям, может, мы не одни придем.

Саша промолчал, но потом вставил очередную странную реплику, обращаясь ко мне:

— Дима, ты знаешь, у тебя голова большая.

Я не знал, что ответить. Андрей относился к таким вещам снисходительно.

— Сухой, ладно-ладно, не вяжись к человеку. У нас важная встреча.

Гуляли у дороги под большими липами. Цвела весна. Девушки были в длинных платьях. Мы шли не спеша, с интересом поглядывая друг на друга. Сцена была комичная: мы оба старались идти за Ариной. Иногда я возвращался и шел рядом с Таней. Но она была безучастной. Татьяна была весьма интересной девушкой. Сейчас я бы сказал, похожей на Ренату Литвинову. Но она была странной и молчаливой и почти всю дорогу шла одна.

Позже я узнал, что Тане нравятся мужчины постарше, на нас она не обращала серьезного внимания. Несмотря на хорошую фигуру, милое личико и успех у противоположного пола, она давала объявления в газету «Ригас Балсс» в рубрику «Знакомства». Я подумал тогда, что надо хотя бы для виду уделить ей больше внимания. Арина же не отдавала предпочтения ни мне, ни моему другу.

Андрей рассказал анекдот про Чебурашку, Арина сдержанно посмеялась. Мы все пошли в общагу к Андрею. Сухого не было. Распили бутылку шампанского на четверых, так и не определившись, кто за кем будет ухаживать. Просто сидели и болтали всякий вздор. Даже немногословная Таня что-то говорила и смеялась. Было уже почти двенадцать ночи, и мои родители стали звонить в общагу, мол, куда я пропал. Приложили немало усилий, наверное, чтобы найти телефон этого заведения.

Хорошо, что это было в первый и последний раз.

Соглашение

Прошло время. У Андрея уже сложились стабильные отношениях с девушкой Светой с филфака университета. Но, видно, ему хотелось приключений.

Прихожу как-то к Арине, а Андрей сидит у нее и пьет чай.

— Вот так встреча, привет, — говорю.

Арина смотрела то на меня, то на Андрея. Поговорили еще немного и пришлось уходить вместе.

Я позвонил Алиеву и спросил, с кем эта Арина, свободна ли она. Он сказал, что да, есть какой-то парень, но точной информации не дал. Расхрабрившись еще больше, я решил ей позвонить и пригласить куда-нибудь.

Но Андрей, как я чувствовал, подумывал о том же самом.

Вскоре мы с Андреем поехали в Вецаки[1] купаться. Валяясь на пляже, я лениво объявил:

— Я тоже, — тут же парировал Андрей

____

[1] Морской курорт рядом с Ригой.

— Слушай, у тебя же есть Света. Нахрена тебе это? Ты что, будешь с обеими встречаться?

— Еще не думал об этом. — Он щурился от солнца, но делал вид, что этот разговор его не сильно волнует.

— Андрей, я тебя просто прошу, давай я ей позвоню.

Он молчал.

Я возбуждался еще больше.

— Эта девушка мне ужасно понравилась, а тебе это все равно не очень нужно, как я вижу, давай договоримся.

— Не знаю...

Иногда он бывал флегматичным. Он повернулся спиной к солнцу, показывая, что загар интересует его больше.

Помолчали. Наконец он сказал:

— Ладно, Дима. Но ты сам это попросил.

Тогда я не обратил на это внимания. Он сдался. Может, присутствие в его жизни Светланы его успокаивало. Какое-то время назад Андрей советовал мне почитать Ницше, которого он весьма ценил. Я купил «Заратустру», и среди прочего запомнилась такая фраза: «Счастье женщины называется: он хочет». Когда я в волнении позвонил в общагу и попросил Арину, я ее вспомнил:

— Я хочу тебя увидеть, давай встретимся!

— Ну давай...

Андрей больше не пытался сблизиться с Ариной, а через пару дней у нас было свидание.

Первое свидание

Я решил надеть пиджак и очки. Подумал: пусть знает, что у меня плохое зрение. Договорились встретиться под часами «Лайма» — в самом популярном месте встреч в Риге. Влюбленные обычно назначают свидания здесь. Это очень удобно, потому что не нужно долго объяснять, куда прийти, особенно в первый раз.

Погода была солнечной. Я стоял на месте и ждал Арину. Она пришла почти вовремя, на свидания она не опаздывала. Я издалека увидел ее в белом, почти прозрачном платье, через которое просвечивало белье. Ее наряды всегда будили фантазию. Обычно для развлечений она выбирала леопардовое платье мамы — у нее тогда почти не было своих. Со школы не носила мини-юбки — это вызывало у мужчин мгновенную реакцию, и ей пришлось от них отказаться.

— Ну, что будем делать? — она улыбалась.

— Пошли в ресторан «Рига», — смело сказал я.

Это был один из лучших ресторанов тогда: высокие потолки, хорошая кухня с советских времен, вышколенные официанты. Отец водил нас матерью и сестрой часто в такие места.

— Там слишком официально, давай попроще чего-нибудь найдем.

Мы неспешно бродили по Старой Риге и, наконец, наткнулись на маленький ресторанчик около Домской площади[1], главной площади Старого города. Зашли. В зале было темно, и над каждым столиком был зажжен старинный фонарь. Так и должно быть на первом свидании: в полутьме зрачки расширяются, и партнер кажется более привлекательным.

— Давай здесь и останемся, — сказала Арина.

Я посмотрел меню и спросил, что она будет есть.

---

[1] Центральная площадь Старой Риги, исторического центра города.

— Мне только коктейль.

За все в жизни нужно платить. Но меня это совершенно не тревожило. Тогда коктейли были очень простые, и она взяла «Отвертку» с колой.

— Ты откуда? — спросил я.

— Я из Ливаны.

Это совсем маленький городок рядом с Даугавпилсом. Родители Арины были обрусевшие поляки, и ей уже стукнул двадцать один год. Обменялись еще парой ничего не значащих фраз, и я понял, что не знаю, о чем дальше говорить. Она заметила это и начала болтать почти без умолку, и я только смотрел на нее.

Красивые локоны, непринужденная улыбка, а в глазах какая-то грусть. Многие девушки накручивали волосы только по праздникам, Арина делала это каждый день. Я только один или два раза видел ее с прямыми и лишь слегка завивающимися прядями.

Арина рассказывала о своих бывших парнях, родителях, брате, собаке. Потом мы долго шли из Старой Риги[1] до центра, взявшись за руки. Прохожие, которые шли навстречу, улыбались нам. Мы дошли до остановки, и я начал думать немного в другом направлении.

— Давай возьмем такси, у меня дома никого.

— Ха! Я езжу только на общественном транспорте...

Я предложил еще раз, но мы все-таки сели в трамвай и поехали в общагу. Я видел, что ей было весело со мной, но она была непреклонна. Когда мы вышли из трамвая, я осмелел и стал обнимать ее прямо на дороге, прижимая рукой за талию, она уклонялась и говорила:

— Ну ты блатной парень, однако.

---

[1] Исторический центр Риги с множеством старинных домов.

— Давай поедем ко мне.

— Никуда я не поеду, пусти.

Все-таки проводил ее до дома, и мы расстались. Сам не ожидал от себя такой прыти, но ничего не получилось. Мысли были очень простые: хотелось переспать, и как можно быстрее, девушка была красивая, и все казалось ясным и понятным.

Ольга

До Арины я ухаживал за своей сокурсницей Ольгой. Такая аккуратная и независимая девушка с красивыми ножками. То есть подошел к ней после пары и предложил посмотреть вместе фильм «9 ½ недель» у меня дома. Прям так сразу. Она, конечно, сначала опешила от такой наглости и ничего не сказала, но через пару дней сама подошла и согласилась поехать. Помню, встретились в центре, идем, и тут началось…

— Возьми меня под ручку, — говорю.

Хотелось, чтобы все было по-взрослому.

— Зачем?

— Ладно, пошли так.

Хотя я не понял, почему это так сложно.

— Давай зайдем в универмаг, купим какой-нибудь кекс.

— Лучше не надо. — Она испуганно на меня поглядела.

Наверное, нужно было бутылку предложить купить, но я соображал слабо. Минут двадцать ехали до моего района в троллейбусе. Перед последней остановкой я предложил выйти, чтобы пройтись, погулять немного. Однако почувствовал, что у нее нарастает недовольство. Пошел дождь, подул ветер. Я нес над ней зонтик, он вылетал из рук, и все складывалось как-то неловко.

С трудом дошли до моего дома, а я попросил родных прийти попозже, что их очень удивило, особенно сестру, которой тогда лет двенадцать было.

— Давай, — говорю, — я тебе горячие бутерброды сделаю.

Оля отнекивалась, но я настоял. Поставил кассету с фильмом, который сам уже смотрел раньше. Сидели рядом на диване и смотрели почти молча. В конце она сказала, что фильм хороший. Она была в мини-юбке и смотрела на меня с опаской широко открытыми глазами. И что? Да ничего. Я пошел ее провожать.

Доехали до ее остановки в центре.

— Подожди, — говорю.

Прибежал с букетом роз.

— Спасибо, — вздохнула она.

Вот практически и все. Дальше еще пару раз встречались, я говорил, что люблю ее безумно, она отвечала, что уже любить никого не будет, и опять вздыхала. Такая странная история, но закончилась она благополучно: к нам в группу перешел красивый парень с латышским именем Айвар, но говорящий по-русски, и уже через пару недель они сошлись, вскоре поженились и были неразлучными до самого конца учебы.

После этой неудачи я стал курить. Наверное, это я подсмотрел в фильмах, где в критическую минуту герой закуривает сигарету. Я смотрел также на своего отца и видел, что курение явно доставляет ему удовольствие.

Купил три пачки «Космоса», положил их перед собой и закурил в полном одиночестве. Первые впечатления были ужасны, но уже с четвертой-пятой сигареты мне понравилось. С этого момента я не расставался с табаком.

Андрей и Миша

Мы учились на экономфаке технического университета. В группе в основном были девушки, только нас четверо или пятеро парней. С колхоза мы стали дружить: я, Миша и Андрей. Проводили время, выпивая, играя в карты в библиотеке, иногда даже учились. Миша был способный парень из английской спецшколы, долговязый и остроумный. Победил в конкурсе по набору в группу по международным отношениям. Сочинял стихи на ходу, декламировал: «Левой-правой, левой-правой... — пауза, и он выпаливал: — Появился Миша бравый. Миша был кавалерист...» Чувствовалось, что это был экспромт. Девушки его, однако, не воспринимали всерьез: он шутил чересчур много. В колхозе упал в пруд рядом с баней, в которой мы жили. Сильно порезал руку, девушки его выхаживали. Он был всегда где-то рядом с ними. Уже тогда чувствовалось, что подрастает «половой гигант».

Все это сочеталось с невероятной коммуникабельностью. Его одноклассник Иванов, которому за рассеянность дали кличку Луноход, тоже учился с юрфачками в одной группе. Миша использовал это обстоятельство, чтобы познакомиться с Таней.

Андрей был другим: говорил гораздо меньше и слушали его больше. Девушки к нему относились уважительно, как бы с почтением.

Он был достаточно стройный и высокий, но тогда еще немного блеклый. Внешностью чем-то напоминал молодого Депардье — такой же хмурый и несчастный взгляд. В колхозе просыпался позже всех, почему-то недолюбливал полицейских, называя их мусорами. Было странно это слышать от сына директора школы и участника олимпиад. «Кто идет работать в полицию? Те, кого не взяли на другую работу», — говорил он. Тем не менее он был единственным из нас, у кого была девушка, причем далеко не глупая, высокая и красивая. Они очень гармонично смотрелись вместе.

У Светы были длинные темные волосы, от природы вьющиеся, худощавая фигурка. И у нее всегда были деньги. Мы множество раз оказывались на мели, а у нее в эти моменты в кошельке неожиданно находилось 5–10 лат. Однажды вечером мы сидели в общаге, есть было нечего, были только помидоры и чай. Света нарезала эти крупные помидоры тонкими колечками, посыпала солью и перцем и выложила на большую тарелку. То ли я был очень голоден, то ли действительно было вкусно, но я это запомнил. Еще она смеялась над моими глупыми шутками, что меня удивляет до сих пор.

— В тебе есть что-то татаро-монгольское, — говорил я ей.

— Что именно?

— Не знаю, разрез глаз, может…

Я иногда подшучивал над Андреем. Как-то раз в общаге в присутствии Светы прошелся по поводу его серьезности, на что он отреагировал коротко и резко: «Ты, Дима, с мамой так будешь разговаривать», — и закрыл за собой дверь. Он мог быть твердым. Наверное, класса с шестого я ни с кем серьезно не конфликтовал, вел себя тихо и даже не знал, как реагировать. На следующий день я извинился, и все закончилось: не хотелось терять друга.

Колхоз

Учебу на экономическом факультете мы начали с уборки льна в латвийской глубинке. Нас послали в колхоз. Возможно, тогда их уже не было, но сельское хозяйство как-то функционировало. Местные были все латыши и смотрели на нас как на иностранцев с удивлением. Я думаю, что это было сделано, чтобы нас познакомить друг с другом и сплотить. Уже на первый-второй день мы узнали друг друга довольно неплохо.

К нам приставили вожатого — его звали Юрис, он учился на четвертом курсе. Тогда он казался мне совсем взрослым. В группе самым старшим оказался Валдис — невысокий коренастый парень, ему было лет двадцать пять. Он все время рассказывал анекдоты.

Девушки жили в современном трехэтажном доме, а нас поселили в старой бане. После работы сидели у девчонок в обычной комнате метров пятнадцати, и Валдис развлекал нас. Такого количества анекдотов я не слышал за всю предыдущую и последующую жизнь. Как Валдис признавался позже, он сам не думал, что знает такое количество историй. Мы все были еще зажаты, и он хотел нас как-то расшевелить. Алкоголя тоже пока не было.

Происходило это так. Девушки сидели в кружке, Валдис восседал в центре, и после очередного анекдота раздавался дружный смех, причем Валдис смеялся больше всех сам. Для описания сексуального процесса он использовал выражение: «Ну поделали они свои дела...» У нас в бане, в мужской компании, он делился своими секс-подвигами, которых было несчетное количество. Валдис жил в частном доме в Юрмале рядом с каким-то санаторием, и, по его рассказам, женщины, приехавшие то ли на отдых, то ли на лечение, не упускали возможности закрутить с ним роман. Даже во внешности его было что-то бычье. Как-то он порвал уздечку члена и вынужден был на время прервать свои похождения.

Наши девушки, к их чести, были неподвластны его чарам. Дело ограничивалось лишь шутками. Юрис был немногословен, но тоже отличился. В один из выходных где-то в деревне нашел спирт и после распития стал цитировать Шекспира. Воспылал любовью к одной нашей девушке по имени Ира. Глядя на нее горящими глазами, он вещал с латышским акцентом: «О небо! О звезды!» — и становился перед ней на колени.

Ира была одной из тех, которых называли динамовками. Миша утверждал, что они разводят мужиков. Так ли это было на самом деле, сказать трудно, но их впоследствии легче всего было найти в институтском ресторане за распитием коктейлей. Общаться с ними было интересней, чем с девушками, которые носили с собой бутерброды и питались в столовой, и одевались они уже тогда лучше. Юриса я хорошо понимал: эта Ира до сих пор мне не дает покоя.

Остальные девушки были гораздо скромнее, но и они оставили свой след в колхозе. Ночью на нашу баню кто-то напал. Был сильный шум, разгромлено имущество, но никто не пострадал. Только спустя пару лет мы узнали, что «агрессорами» были скромные студентки из нашей группы. Такой «бунт кисок». По их виду никогда бы не подумал на них. Щука тоже замирает неподвижно в воде, потом внезапно нападает на малька.

Прогулки на Тейке[1]

Первая встреча с Ариной быстро забылась, и скоро мы гуляли в окрестностях Тейки. Я не был уже так скован и мог что-то сказать.

— Я поступила на юрфак со второго раза. После первого провала работала год на заводе в Ливанах[2].

— А я не знаю, зачем поступил на экономику. Мне это не очень нравится. Хотел на журналистику, но подумал, что не заработаю на этом поприще.

---

[1] Район Риги недалеко от центра города.
[2] Небольшой городок на востоке Латвии недалеко от Даугавпилса.

— Димка, ты что! Так нельзя! Нужно всегда добиваться, чего хочешь.

Именно так я и поступил в отношении нее впоследствии. «Была бы цель, средства всегда найдутся», — думал я. Но цель оказалась совсем не такой, как я себе представлял.

— Я хочу работать в суде, — продолжала она.

Почему именно в суде, я так и не понял, но это признание многое изменило.

— А чем ты увлекаешься?

— Да, в общем-то, ничем, — сказала она, смеясь. — Я совсем простая девушка. Ты читал «Анну Каренину»?

— Нет, еще нет.

— Прочти, очень интересная книжка.

Я, кстати, до сих пор так и не прочел. Меня как-то всегда останавливала толщина тома и неизбежный печальный конец.

На самом деле Арина и читала много и увлекалась своей профессией, но почему-то хотела выставить себя простушкой. Однажды видел, как она, смеясь, ехала с каким-то парнем на заднем сидении велосипеда около общаги. Таня говорила, что Арина смеется, как лошадь, что она выпивает на спор стакан водки. Парня постоянного у нее не было, но были поклонники. Алиев позже подтвердил это.

Потом мы встречались на дне рождения Тани в общаге. В тесной комнате в конце остались три или четыре человека, кроме нас. Мы уже ни о чем не говорили, а танцевали медленный танец, и Арина смотрела на меня широко раскрытыми глазами.

Она выпила и обнимала меня.

— Димка, мы недавно познакомились, а уже поругались...

До этого мы немного повздорили из-за какой-то мелочи.

— У тебя ужасный характер, у меня тоже, нам нельзя быть вместе. — Ее руки обвивали мою шею.

Дальше мы уже что-то только бормотали друг другу. Она увлекла меня в свою комнату, но там были еще две девушки, и нам ничего не оставалось, как сесть рядом на диван. Арина заснула у меня на коленях. Я осторожно высвободился и ушел домой. На следующий день она сказала, что не помнит ничего, что мне говорила. Сейчас меня это уже не удивляет, но тогда я был очень расстроен. Получалось, что все надо было начинать заново.

***

На выходных предложил ей поехать в зоопарк, но Арина отказалась, и мы поехали в театр, в центр. Вот так, без всякой подготовки и покупки билетов заранее, просто ей так захотелось. Пришлось идти на какую-то «вторую сцену», и спектакль играли всего две актрисы, «До свиданья, мама» называлось действие.

Весь спектакль я обнимал ее и ощупывал ее ребра, поэтому не помню ни одного слова из этой пьесы.

— А о чем они говорят? Я ничего не понимаю, — шептал я.

— Ты что? Это же очень интересно.

Наверное, эта женская тема была ей близка тогда. До сих пор не люблю театр, лучше кино, и то редко.

Прошло еще какое-то время, но дальше ничего не двигалось. Это было время сессии, но я думал опять только об одном, хотя ее признание о мечте работать судьей что-то поменяло. Как-то все не сходилось.

Марки и станки

Миша о деньгах особо не помышлял и собирался ехать работать в Англию в молодежный лагерь. Мы с Андреем, напротив, все время думали о бизнесе. Фантазия, правда, у нас работала слабо. Андрей возил станки с завода в Дпилсе[1] в Польшу. Такой нехитрый челночный бизнес. Станки были тяжелые, килограммов по тридцать, и самое сложное было довезти их в обычном автобусе и пройти таможню. Дальше — рынок в Варшаве. В 1992 году прибыль с продажи одного станка в пятьдесят-сто долларов казалась студенту громадной. После первой поездки Андрей приоделся и выглядел абсолютно так же, как десятки других молодых «бизнесменов». Очень этим гордился. Но постоянные проблемы с таможней и нехватка самих станков, которые все сложнее и сложнее было достать с завода, постепенно свели это дело на нет.

Я занимался также простой спекуляцией, можно даже назвать это фарцовкой из Союза. Сам предмет был немного странным для всех, кто об этом узнавал: я возил в Польшу почтовые марки, отец занимался ими профессионально. Клиентами были профессора, директора заводов или нувориши. Бизнесу суждено было накрыться: у меня не было желания вникать в предмет.

А Андрею я предложил вести дело совместно. Мы стали ездить вдвоем, и поначалу все было хорошо, были небольшие деньги. Их хватало на выпивку, одежду и цветы девушкам. Время проходило в поездках, на лекции мы почти не ходили, сдавали сессию и пропадали. Институт был для нас больше местом встреч.

Отношения с Ариной выбили меня из обычной колеи. Дальше ничего не шло. Она была недовольна, например, тем, как я подавал

---

[1] Народное название Даугавпилса, города на востоке Латвии.

руку ей, помогая выйти из автобуса, и прочими мелочами. Мы перестали встречаться.

Еще одна попытка

И вот в какой-то день Миша сообщил мне, что встретил Арину на улице, и она велела передать, что не против увидеть меня. Странно, что она сказала это Мише, а не мне. «Пусть Дима приходит тогда-то в общагу». Миша намекнул, что ее «сокамерницы» уезжают на выходные домой, и Арина будет одна. Это немного прояснило ситуацию. Она сама шла мне навстречу. До этого была сплошная холодность с ее стороны и претензии.

Арина встретила меня в хорошем расположении духа, мы пили чай и болтали. У меня раньше ничего такого не было с девушками, и я надеялся, что все разрешится каким-то естественным способом.

Наконец она легла на кровать, я сидел рядом и гладил ее волосы. Попытался приблизиться, но она медленно отталкивала меня рукой в грудь.

— Арина, но почему?

— Все должно быть естественно.

— А что неестественно?

— Я не знаю. Меня воспитывали строго.

Ее родители были верующими католиками.

— Не понимаю, — сказал я и лег на соседнюю кровать.

— Давай спать, мне завтра надо в универ сходить.

Я быстро заснул. Поначалу был просто рад, что она захотела меня видеть, на большее, как оказалось, меня не хватило. К тому же я не очень понимал, как и что нужно делать.

Утром пришли ее подруги с другого этажа общаги, и у всех в глазах был один вопрос: «Ну, было что-нибудь или нет?» И были сильно разочарованы. Арина ушла куда-то, а Таня сказала мне, что и я, и Миша, который стал за ней ухаживать, еще совсем маленькие мальчики.

Пиво

У Алиева были необычные родители. Отец азербайджанец, а мама полька, очень скромная и молчаливая женщина с совершенно рыжими, всегда собранными в пучок волосами. Ко мне она относилась хорошо, и мои родители с ней здоровались при встрече и обсуждали наши дела.

Отец Алиева добивался ее шесть лет, прежде чем она сказала ему «да».

— Он просто взял ее измором или своей внутренней силой, — говорила мне Арина. — Так не должно быть.

Тем не менее они прожили уже пятьдесят лет вместе, и у них был еще один сын. Сам Алиев тоже был очень способным парнем. Писал в школе сочинения всегда на пять из пяти, что не удавалось даже отъявленным отличницам. Вел перед уроками политинформации и собирался поступать в Институт международных отношений в Москве. С точными науками у него было не очень, однако и ему даже наняли репетитора.

Алиев говорил на трех языках без акцента, такое встречается крайне редко. На польском говорил с мамой, на латышском научился общаться еще в детском саду и на русском — в школе. У многих его способности вызывали удивление — выглядел он все-таки как азербайджанец. Мы ездили с ним в центр города. Как-то шли по улице, перед нами два парня. Один кивает в сторону Эльдара и говорит другу по-латышски:

— Ну и развелось тут у нас черномазых.

Алиев на такие вещи реагировал резко — на чистейшем латышском языке объяснил им коротко, что он о них думает. Если бы ребята увидели говорящую собаку, то поразились бы, наверное, меньше. Сразу закончили и поспешили удалиться. Их мировоззрению был нанесен существенный урон.

Отец Алиева занимался перестроечным бизнесом, открыл в том числе небольшое кафе. Эльдар забирал выручку и носил ее в черном дипломате, с которым раньше ходил в школу, и постоянно заимствовал оттуда деньги. Наконец отец почувствовал неладное и переместил его на точку по продаже разливного пива.

В спальном районе между «хрущовок» стояла желтая бочка, из которой раньше отпускали квас. За ней каждый день выстраивалась очередь из местных алкашей. Алиев весело руководил процессом. Придумал такую фразу: «Свежее пиво обильно пенится» — и говорил ее каждому клиенту. Познакомился со всеми районными забулдыгами. Удивлялся, что какая-то его постоянная клиентка предлагала ему оральный секс за кружку. Для молодого юриста трудно было найти лучшую практику.

Я ходил к Арине и застал его за этим занятием, общага находилась поблизости. Алиев познакомился с какой-то женщиной старше нас, возможно, уже с детьми. У нее была неплохая фигура, но вид был немного запущенный. Тем не менее, я договорился с ней о встрече и приехал в тот же район вечером.

— Давай сначала на лавке посидим, — сказала она.

Лавка — это скамейка. Посидели. Потом поехали ко мне домой и распили бутылку вина. Я заметил, что она говорит как-то нечленораздельно и постоянно употребляет слово «говно». Рассказала зачем-то, как ее изнасиловали два парня в заводском общежитии. Тяжело было на нее смотреть. Она легла и заснула, я поглядывал на ее грудь и думал, что я не хочу так начинать свою сексуальную жизнь.

Утром сделал ей завтрак. Она смотрела на меня как на пришельца, никто за ней так не ухаживал, наверное. Проводил на остановку и дал денег на такси. Больше никогда ее не видел.

Путешествие в Кельце

Я вычитал в немецком журнале для филателистов объявление польского дилера о покупке балтийских марок. Меня не смутило, что он жил в маленьком городке недалеко от Варшавы и что мы с Андреем понятия не имели, кто он такой. У меня был только его адрес, но я с воодушевлением предложил Андрею к нему съездить.

Сейчас трудно сказать, почему эта странная и глупая идея не вызвала возражений у Андрея. Он был гораздо спокойней и разумней меня. Возможно, поддался моему напору.

Городок назывался Кельце. Приехали туда из Варшавы на автобусе ночью и с трудом нашли единственную гостиницу. Первый раз в жизни пришлось спать с представителем мужского пола в одной кровати и под одним одеялом, но других номеров не было.

На эту тему Андрей говорил:

— Знаешь, Дима, не понимаю я, как у них это может быть, ну, у мужика с мужиком.

Гомофобией я никогда не страдал, но на сей раз полностью согласился:

— Да, я тоже.

С Андреем мы обычно долго беседовали перед сном, лежа каждый на своей кровати, но удивительная вещь — я совершенно не помню, о чем.

Утром начали искать дом этого мужика. Он оказался в сельской местности. Хороший двухэтажный дом. Как это и должно было быть, мы в нем никого не застали. Мне хотелось спросить у Андрея: «Слушай, как ты думаешь, зачем мы сюда приехали?»

Мы переглянулись, и я понял, что Андрей думает то же самое. Сидеть и ждать, когда вернется хозяин, было бессмысленно. И сколько ждать? Платить еще за одну ночь в гостинице мы не могли. Бродили вокруг дома до вечера, но никто так и не появился. Наконец Андрей рассмеялся и сказал:

— Дима, ладно, поехали в Варшаву. — Он тоже все понял.

Зашли перед отъездом в кафе в Кельце, там было человек тридцать-сорок местных жителей. Они сидели и просто разговаривали, почти без всякого алкоголя, только немного еды. Скорее всего, они так собирались каждый день. В Риге трудно было встретить такую картину, особенно в центре города. Такой спокойной и размеренной жизни, как в этом польском городке, я нигде и никогда не видел.

Но в Варшаве нам повезло. Мы нашли местный клуб филателистов и продали все, что у нас было, за полчаса. Познакомились с несколькими хорошими дилерами и договорились о новых поездках. Были очень довольны и старались не вспоминать о бесславном вояже в Кельц.

Обратно ехали поездом через Белоруссию. По дороге в наше купе зашел пограничник или таможенник, тогда это было одно и то же. Это был парень лет двадцати пяти в форме.

— Что у вас в сумке?

— Ничего, только личные вещи.

Тут я немного соврал: там было еще кое-что. Купил в Варшаве журнал для взрослых «Men's Only». Андрей надо мной подсмеивался, за ним такого я сам не замечал.

Погранец достал журнал из сумки и замер.

— Это что?

Я думаю, до Белоруссии такие издания тогда еще не дошли, по крайней мере, в массовом порядке.

— Это так, для личного пользования.

— «Веселые Мурзилки», — пошутил Андрей, ему-то было все равно, что дальше будет с журналом.

На обложке красовалась нахальная блондинка в розовом белье и чулках, и это была самая невинная страница. Пограничник стал листать журнал, и я заметил, что у него в буквальном смысле глаза начали лезть на лоб.

Наконец, видимо, какой-то внутренний голос заставил его прекратить это занятие, но чувствовалось, что он не против конфискации.

— Хорошо. — Он снова запнулся. — Для себя… везите.

Видно было, что картинки в журнале произвели на него неизгладимое впечатление. Он отдал мне журнал и в смущении вышел из купе.

Андрей, едва сдерживавший до этого смех, расхохотался.

— Не вижу ничего смешного. Еще пять лет назад нас могли бы задержать за это.

— Не-а, боюсь, что вряд ли, — гоготал он. — Обычно никто вообще не проверяет.

Такую же реакцию — радостный смех — вызывал у него и сам журнал, когда он его перелистывал.

Сквер Славы

Летом мы встречались с Ариной в Даугавпилсе, она гостила у бабушки. Андрей уехал в Варшаву по нашим общим делам, и я жил у него дома. Родители его были в деревне, и в моем распоряжении была квартира. Идеальная диспозиция.

Ходили в кино, ели мороженое, ездили на колесе обозрения. Когда были на самой высокой точке, я вспомнил кадры из «Ассы», когда звучит «Город золотой». Пытался пригласить ее в кафе или ресторан просто поесть, но Арина отказывалась каждый раз.

Как-то сидели в сквере Славы. Там до сих пор горожане отмечают 9 Мая. Я пытался ее обнять, вдохнуть ее запах. Она отстранялась.

— «Любишь ли ты меня так же, как я тебя?» — У меня появилась привычка говорить цитатами из песен.

— Нет, Димка, я тебя не люблю, — смеялась она.

Я молчал.

— Прочитала «Евгения Онегина», наконец-то, и вот если бы ты был таким, как он, я бы тебя любила.

Помолчав, она сказала:

— Помнишь Марику?

Это была ее подруга, виделись в Риге.

— Конечно.

— Она изменила мужу и больше ничего не чувствует, когда у них интимная близость. — Так и сказала, «интимная близость», как в учебнике по сексологии. — Я буду жить до сорока лет, не больше, — продолжала она.

— Почему?

— Не хочу становиться, как мать. Она истеричка. Все время орет.

По дороге к парку, прихрамывая, шла бабушка Арины, довольно полная пожилая женщина. В руках она несла большую корзинку, с такими обычно ходят за грибами. Она подошла ближе, и я увидел, что корзинка полна яиц. Никогда раньше не видел такого количества.

Арина стояла на парапете, я помог ей спуститься вниз. Она пошла навстречу бабушке. «Неужели она тоже станет такой? — подумал я. — Все, все мы в этом мире тленны».

Потом я пригласил ее в эту квартиру, надеясь все-таки на близость. В мыслях был какой-то сумбур из зарождающегося чувства, страха и желания. Она проводила рукой по моему небритому подбородку и говорила, даже можно сказать, шипела:

— Тигр... — И все равно вырывалась. — У меня был парень, Артур, похожий на Микки Рурка, красивый, мы с ним встречали Новый год вдвоем, но ничего не было. Димка, веришь?

— Верю, почему нет? — Раньше я действительно верил, что мне говорят.

— Он был суперпарень. Потом говорил, чтобы, если надумаю, позвала бы его, и он сразу бы прилетел. Но я ему отказала.

— Жалко его.

Силу применять не хотелось. Это не был выход из положения. Проводил до дома. Через минут двадцать она позвонила.

— Димка, ты комплексуешь и поэтому ничего не получается.

«Зачем же тогда надо все время убегать и отстраняться?» — подумал я.

Потом снова гуляли, но уже чувствовалась усталость.

Она сказала:

— Димка, ты вампир. Ты все время молчишь. От тебя любая девушка сбежит.

Я был ужасно болтливым с друзьями, но с ней говорил действительно мало.

— Твое молчание высасывает из меня все соки, — сказала она. — Мне тяжело с тобой.

Андрей вернулся. Мы еще пару раз встречались с Ариной, но лето подходило к концу, и начинался последний учебный год.

Такси

Рядом с общагами находился молодежный клуб, там проводили дискотеки, было кафе и ресторан. Назывался он «Арго». Где-то через неделю или две после начала учебного года мы договорились встретиться с Ариной около него.

Но она не пришла. Я бросился искать ее по всему городу. Не хотелось верить, что все закончилось. Сначала искал ее в общаге, потом в кафе, в которых она могла быть, в центре города. Потом поехал на такси на Кипсалу[1] к Марике — она жила там тоже в общежитии с мужем. Марика была удивлена и встревоженно на меня смотрела, но сказала, что не знает, где Арина. От этой погони я немного устал и успокоился.

На следующий день я узнал, что Арина встречалась со своей подругой и они куда-то ходили. Она сама холодно сообщила мне об этом, дав понять, что не желает меня больше видеть, что ей неинтересно и все надоело, то есть вначале было интересно, а потом все изменилось. В этот момент мне показалось, что небо упало на землю. Но тогда еще был запас какого-то здравого смысла и жизнелюбия, и я удержался на плаву.

---

[1] Район Риги, расположенный на острове.

У нас с Мишей и Андреем была привычка встречаться вечером в общаге. Однажды я встретил Арину у «Арго» с каким-то парнем. На втором этаже там была дискотека, и они направились туда. Я пошел за ними зачем-то, хотя все и так было ясно. Парень был с длинными волосами, очень высокий, с красивыми чертами лица и худощавый. Они постояли какое-то время наверху, но потом направились к выходу и прошли мимо меня. На Арине было длинное платье, которого я не видел раньше. Она держала его под руку, и они шли молча, как люди, которые давно друг друга знают.

Я шел за ними, но Арина ни разу не обернулась, как будто вообще меня не знает.

Дошли до стоянки такси, я подошел к ним почти вплотную. Вид у меня был довольно жалкий: я был ниже его, в очках и со встревоженным лицом.

Арина, наконец, обернулась, парень отошел, и она сказала:

— Димка, иди домой.

Я тупо смотрел на нее и молчал. Она села с ним в такси и уехала.

На следующий день я пришел к ней в общагу. Мне хотелось думать, что сейчас все прояснится и я зря переживаю. Она стояла, скрестив руки, у окна, где мы целовались еще недавно.

— Куда ты ездила вчера?

— Это тебя не касается.

Я не унимался, и она не выдержала.

— В Старую Ригу трахаться!

Потом она сменила тон и соврала что-то, наверное, чтобы я успокоился. Но коммуникация была уже нарушена. Гораздо лучше было бы не припирать ее к стенке и ретироваться, но я не мог во все поверить.

Было очень грустно, и, чтобы справиться с охватившим меня отчаяньем, я стал наведываться к ней без всякого приглашения. Конечно, это было возможно только в общаге. Я не смог бы проделывать то же самое, если бы она жила в квартире или с родителями.

Я досаждал ей, и поначалу она резко меня выпроваживала, уходила из своей комнаты и очень злилась. Уже поздней осенью я пришел в общагу сильно пьяный и, не найдя ее, кричал ее подругам:

— Где Аринка?

Сам я этого не помню, мне потом рассказывали, что я был очень зол.

Арина кричала на меня:

— Если ты еще раз придешь в таком виде, тебе будет запрещено меня видеть совсем!

В какой-то момент она даже привыкла к моим приходам в общагу и говорила только:

— Ну, чего приперся?

Общаться нормально мы уже не могли, я больше разговаривал с ее подругами. Иногда она все же продолжала злиться, когда я заходил.

— Димка, уходи.

Я молчал, и она выходила из себя:

— Тогда уйду я, — и шла на другой этаж общаги к Тане.

Таня говорила мне:

— Дима, если бы ты развернулся и ушел, у нее появилось бы к тебе какое-то уважение. Почему ты это делаешь?

Я понимал это, но уйти не хватало сил.

— Я люблю ее, — говорил я.

— У Арины был парень. Он уходил, когда хотел, приходил, когда хотел. И она его любила, но тебя она не любит. Она хорошо к тебе относится, но любви нет.

Между тем парень, которого я видел с Ариной, больше не появлялся. Она знакомилась с другими, ходила на свидания, но ни с кем не имела отношений. Скорее всего, тот парень и был тем, о ком говорила Таня, и он знал Арину еще до нашего с ней знакомства. Алиев также говорил мне о нем же.

Я продолжал ходить к Арине еще полгода. О близости я уже не мечтал. Меня поглотило чувство, которое я называл любовью. Ситуацию изменила только новая работа Арины — она стала крупье в казино.

Варшава

Мы поехали с Андреем вместе в Варшаву. У нас с собой были небольшие сумки или портфели. Пассажиры автобуса с огромными баулами с товаром с недоумением смотрели на нас: им непонятно было, зачем мы туда направляемся, ведь никто тогда не ездил в Польшу просто так. Андрей к тому же был хорошо одет: на нем был черный длинный плащ, белый элегантный шарф и новенькие ботинки Salamander. Не знаю, для чего он так вырядился, но позже это сыграло с ним злую шутку.

На вокзале сновали несколько человек, пытающихся сдать комнату русским коробейникам. Мы познакомились с одним из них с типично польским именем Сильвестр и поехали к нему бросить вещи. Сильвестрик, как его называла жена, вертлявый мужичок лет сорока с кудрявыми черными волосами, после получения денег ушел в запой, и пару дней о нем ничего не было слышно.

По дороге в центр мы разделились. Андрею нужно было передать кому-то крупную сумму денег, а я пошел гулять по Варшаве. Посещение клуба филателистов намечалось только на следующий день. Случайно наткнулся на узкой боковой улице на стрип-клуб. Я зашел туда. Это было небольшое помещение, всего несколько комнат. У входа сидел скучающий портье, выдававший билеты. Я спросил, сколько стоит билет, и заплатил.

В комнате, куда я попал, я оказался один на один с молоденькой девушкой лет 18—19 небольшого роста. Она была практически без одежды и опять-таки с длинными русыми локонами. Нас разделяло только толстое стекло. В нем была маленькая щелка, в которую следовало просунуть билет. Заиграла музыка, и она стала танцевать. Я тогда не очень себе представлял, что такое стриптиз. Это был показ всего и вся, что только можно показать. Девушка ничего не говорила, но была удивлена моей неподвижностью. Когда время вышло, я пулей выскочил на улицу, забыв закрыть за собой дверь.

Впечатление было настолько сильным, что я бродил час по городу как полоумный и лихорадочно курил. В моей двадцатилетней голове крутилась мысль: как такая юная и в принципе прекрасная женщина занимается такой ерундой, а такие, как я, это все спонсируют. Андрею я ничего не рассказал, но он тоже попал в приключение. В трамвае у него вытащили бумажник, прихватив заодно и документы.

— Ты бы еще смокинг туда надел, — сказал ему Сильвестрик, когда протрезвел.

Надо было заняться и делами. На следующий день мы пошли в клуб филателистов — Андрей без денег и я, потерявший веру в человечество.

Агнесса

Иногда я все же обращал внимание на других девушек, забывая на время об Арине. Тем более, что у нас было достаточно интересных знакомых. Света, девушка Андрея, жила в общаге ЛУ напротив. Ее «сокамерницами» были Агнесса и Маша. Агнесса участвовала в конкурсах моделей: у нее была сногсшибательная фигура, и на всех нас она смотрела немного свысока. Сухой говорил о ней:

— Дайте мне Агнессины бедра — и я переверну мир!

Я молчал, но хотелось сказать: «Сначала мир переверни, потом можешь приступать к бедрам».

У меня с ней были ровные отношения, но, когда я приходил в общагу и видел ее в леггинсах или что-то в этом стиле, терял дар речи. Она улыбалась и продолжала, например, гладить блузку. Агнесса казалась мне совсем взрослой женщиной, и в ней чувствовались порода и благородство.

Один раз мы даже сходили вчетвером — я, она, Света и Андрей — на тот же фильм «9 ½ недель». Возвращаясь, я ее провожал, болтали всякую ерунду, и, когда пришла пора прощаться, она меня поцеловала. Не думал, что такое возможно. Я же понимал, что она мне не по зубам. Но вдруг я почувствовал, что мне не нравится ее лицо, и отступил. Поразмыслив пару дней, я все же решился предпринять какие-то действия и пришел к ней в общагу, но дома не застал. А Света мне по секрету сообщила, что на самом деле она сидела за шкафом и смеялась.

Как ни странно, меня это совершенно не задело, и я продолжал с ней общаться как ни в чем не бывало, больше никогда не стараясь за ней ухаживать. Только спрашивал у девушек при случае:

— Ну как там Агнесса, все еще сидит за шкафом?

Со временем она стала относиться ко мне все лучше и лучше, но я был занят уже другим. На одной из вечеринок я сошелся ближе с Машей. Она, Света и Агнесса изучали филологию в университете. Маша любила хлесткие выражения и иногда при нас материлась, хотя мы при девушках это не практиковали. При природной скромности огня в ней было много.

— Слушай, Дима, — говорил мне Андрей, — вот эти девки активные комсомолки в учебе и спорте, они, наверное, и в постели такие же, как ты думаешь?

Откуда мне было знать.

В тот вечер я был в ударе и много шутил, настроение было хорошее, и Маша обратила на меня внимание. Я почувствовал, что нравлюсь ей, и стал действовать решительно. Уже через пару дней мы обо всем договорились, и перед нами стояла только вечная студенческая проблема — где.

«Первая брачная ночь»

Именно по этой причине я взял Машу с собой в деловую поездку в Тарту[1]. Приехали вечером, узнали, где ближайшая гостиница, и доехали туда на такси.

То, что я увидел, превзошло ожидания — это был, скорее, вариант той же общаги, только за деньги. Мне запомнился железный умывальник. Труба шла из пола. Такие устройства сейчас показывают в фильмах о советской жизни. Кровать была, но терять свою невинность на ней не хотелось: она тоже была из пружин и металла.

Маша выжидающе смотрела на меня. Я видел, что она была не прочь остаться здесь, но я сказал:

---

[1] Город в Эстонии.

— Слушай, нам это не подходит. Поехали в другую гостиницу.

Пришлось положиться на таксиста. Он порекомендовал новый немецкий отель недалеко от города. Цена номера оказалась для того времени космической — 80 марок за сутки. Это было все, что я мог заработать за всю эту поездку, но отступать было уже поздно.

Номер был вполне приличным. С большой двуспальной кроватью и всеми мыслимыми на то время удобствами.

Я помню, мы как-то оказались в полутьме, и Маша спросила:

— Ну зачем ты привез меня сюда?

Первый опыт оказался не очень удачным. Маша меня направляла, инженер во мне еще не проснулся. Никакого особого удовольствия я не испытал, но увидеть так близко совершенно голую женщину было интересно. Мы были оба неопытны. Утром, после завтрака и моих дел, гуляли по городу. И вдруг она сказала:

— Знаешь, там после нас вся простыня в крови была.

Меня это не смутило, но я не поверил. И не напрасно. Для меня не было важно, девственница она или нет.

Маша

Мы встречались с Машей то в общаге, когда девушки уезжали, то в каких-то квартирах, нам давали ключи и непременно понимающе улыбались: мол, дело молодое. Однако проблема оставалась — мои ожидания не оправдывались. Маша даже спросила один раз:

— Дима, а ты меня хочешь?

Я вроде бы и хотел, Маша была очень темпераментной, и может, мы в этом и не сходились. Ездили вместе в Вильнюс, и все было хорошо, хотя разговаривали мы мало, я так до конца ее и не узнал. Много раз позже жалел, что она не стала моей женой. В дороге сидели на остановках, и Маша клала мне голову на плечо. Я чувствовал тогда, что на самом деле на меня и опереться-то нельзя, и ее доверие смущало.

В какой-то день проходили по Бривибас[1] мимо православной церкви, и Маша сказала:

— Давай зайдем сюда.

До этого я, может быть, один раз, в детстве, бывал там. Я не религиозен, но к таким вещам отношусь с опаской. Или с уважением. Не знаю никаких ритуалов, плохо разбираюсь в церковных праздниках, я уже не говорю про пост.

Маша при входе купила две свечки и сказала:

— Давай поставим.

— Зачем?

— Так надо.

Зажгли и смотрели, как они горят. Была зима, Маша была не в платке, но в шапке. Постояли немного и ушли. Я подумал, что это, должно быть, символично, но не стал допытываться у Маши, для чего мы это сделали, не придал особого значения. По иронии судьбы через неделю предложил пойти в кино на новый фильм «Иствикские ведьмы». Я не имел понятия, о чем он. Фильм был и страшный, и смешной, и захватывающий. Главным героем был Дьявол в исполнении Джека Николсона. Те, кто смотрел, поймут. Маша, очень впечатлительная девушка, была слегка ошарашена. Когда мы вышли из кинотеатра, она долго молчала и потом сказала только:

— Спасибо за фильм.

---

[1] Центральная и самая длинная улица в Риге.

Новый год

Иногда я возвращался к мыслям об Арине. Скоро был Новый год, и я предложил ей встречать вместе, но, как обычно, получил отказ. Все выяснилось в последний момент. Маша была сильно обижена и уехала праздновать в центр города в какую-то компанию. Я узнал об этом от ее соседок по общаге, взял у них адрес и через полчаса был на месте. Вошел в комнату и увидел разношерстную компанию, человек двадцать. Маша уже общалась с каким-то парнем. Я подошел и, не глядя на него, взял ее за руку и увел за собой.

Мы поехали ко мне. Родителей не было, и нас тоже ждала компания во главе с Алиевым и его приятелем Докучаевым. Маша оказалась одна среди мужиков, но встретили нас весело. Докучаев был непризнанным гением, играл на гитаре и пел свои песни. Слова и музыку разобрать было трудно. Одна песня называлась, кажется, «Прощай, оружие», или что-то подобное, напоминающее о Хемингуэе.

Не знаю, как Докучаев попал на юрфак. Родители его были художниками. Он ездил в Москву, пытался пробиться и работал рабочим сцены в театре. У него была девушка, тоже Светлана, выше его почти на голову. Занималась устройством концертов группы «Маски» в Риге. Но она появилась только утром.

После этого домашнего концерта я стал интересоваться гитарой, и мысль о том, чтобы заняться творчеством, не представлялась уже совсем дикой. Оказались с ним на кухне вдвоем, и он сказал:

— Лучше забудь об Арине.

— Почему?

— Мы с тобой просто красивые мальчики.

Он продолжал:

— И такими останемся до самой старости.

Я подумал, что он уже видит себя философом каким-то, к тому же я не считал себя красивым, да и он был, на мой взгляд, просто симпатичным парнем.

— А Арина — блядь, и ей нужны только деньги, — сказал он.

До сих пор жалею, что не дал ему в морду. Как можно так примитивно мыслить? Я сдержался, а вечеринка продолжалась.

Маша больше слушала, о чем мы говорили. Потом она встала и произнесла хороший тост. Алиев выпил прилично и уже после того, как все ушли, лежал на полу, обнявшись с колонкой С90, и слушал Хулио Иглесиаса. До этого он восхищенно смотрел на стройные ножки Маши и показывал мне незаметно большой палец правой руки. Он не мог поверить, что такая девушка могла быть со мной.

Возвращение

Прошла пара месяцев. Рига — маленький город, и меня увидели с Машей подруги Арины. Как-то я и сам встретил ее на улице в центре. Она была очень весела. Я сказал, что зайду в общагу. Она засмеялась:

— А твоя девушка не будет против?

Мы еще поболтали в том же духе и разошлись. После этого я два раза приходил к ней в общежитие, и все началось заново. Поначалу она была очень довольна, но потом мы вернулись к прежним отношениям: я был в роли просителя, а она меня отвергала.

Я признался Маше, что люблю другую женщину. Если бы знал, какую это вызовет реакцию, я бы этого не делал. В тот момент мне казалось, что это будет честно. Только спустя годы я узнал, что у нее был сильный психологический срыв, из которого она едва выпуталась.

Света, девушка Андрея, сказала мне:

— Ты воспользовался Машей как спасательным кругом.

Я жалко оправдывался:

— Ну ты же знаешь, какая Арина. Из-за нее парни дрались, переворачивали столы в кафе, били посуду.

Но Света покачала головой и произнесла:

— Ну как ты, мальчик из хорошей семьи, мог потерять голову из-за женщины, которая позволяет, чтобы из-за нее происходили такие безобразия?

Ей было обидно за подругу, это понятно, но мы говорили на разных языках.

Конец спекуляций

Наш с Андреем бизнес постепенно загибался. Балтийские марки все реже и реже покупали в Польше и Германии. Каждый из нас еще по разу съездил в Варшаву, но это принесло только убытки. Андрей решил совсем перестать заниматься марками. Мой отец говорил, что мы не хотим изучать то, чем занимаемся, — нас интересуют только легкие деньги. Я уже тогда понимал, что он прав, но делал наоборот.

Андрей начал новый бизнес, связанный с экспортом рыбы. По счастью, наши с ним денежные отношения закончились. «По счастью», потому что обошлось без конфликтов. Я, по крайней мере, больше ценил дружбу.

Мне предложили купить крупную партию новых латвийских марок, взятых где-то то ли с почты, то ли из общества коллекционеров. Для этой сделки я взял взаймы пару тысяч долларов и, естественно, прогорел. Кредитором был один из друзей или партнеров отца, который ни о чем не догадывался. Никогда до этого я не слышал, как отец кричит, но, когда все вышло наружу, он не сдержался. Его гневу не было предела. Он отдал за меня долги, но с этого момента мой бизнес закончился.

Поездка в Москву

Между тем жить на что-то надо было. И моя мама придумала для меня свой бизнес. Раньше она работала на швейной фабрике, и у нее остались там связи. Ей подсказали, что можно возить в Россию нижнее белье. Фабрика еще наполовину работала. Наполовину, потому что ее часть была выкуплена немцами, которые использовали дешевый латвийский труд. Оставшаяся половина производила женские комбинации, которые были в 1970–1980-е годы популярны в Союзе. Товар был устаревший, но выбора не было.

Набив женскими комбинациями пару больших сумок, мама отправила меня с ними в Москву: зарабатывай, мол, так, если ничего другого не можешь придумать.

Я был до этого раз шесть-семь в Москве и Питере: сначала с родителями еще до перестройки, потом сам ездил с марками. Остановился у дальней родственницы и начал «торговлю». Ходил по организациям и предлагал комбинации.

Родственница работала в Госдуме помощницей депутата и устроила мне встречу со своими сотрудницами. Я сидел в каком-то кабинете, туда заходили женщины и смотрели, что я привез.

Парень, продающий женское белье, — это хороший персонаж. Мне самому было неловко, хотя я старался не подавать виду. Комбинации оказались никому не нужны, только одна женщина лет сорока купила что-то за двадцать долларов. Пожалела меня, наверное. С собой у меня был современный каталог белья немецкой части фабрики. Какая-то молодая и очень уверенная в себе женщина его долго разглядывала и спросила:

— А вот это есть?

— Нет, но в следующий раз обязательно привезу.

— Ну вот тогда и поговорим.

И гордо удалилась.

Настроение у меня было плохое, сам предмет деятельности мне очень не нравился, но я уговорил себя не сдаваться и, увешанный сумками, отправился на рынок в Лужниках. Это был громадный муравейник, где продавалось все, что угодно. Может, где-то были и комбинации, но у меня их никто не брал. Вдруг я заметил палатку латвийской фирмы белья «Лаума». Такой оживленной торговли я не видел с советских времен. Дамы лихорадочно покупали бюстгальтеры и прочие женские штучки. Примерочная почти не закрывалась, женщины не обращали внимания на то, что их видят прохожие.

Мой товар не пользовался такой популярностью, да и палатку на этом рынке я купить не мог. Походив еще немного, я решил плюнуть на это дело. Ездил еще на рынки поменьше, но результат был таким же. «Челнока» из меня не вышло, и деньги кончились. Мне даже не на что было уехать обратно в Ригу. И тут я вспомнил, что Сухой уже год живет в Москве. Он перевелся из Риги как сын военного.

Мы встретились, и я не поверил своим глазам. Это был совсем другой человек. Хорошо одетый и при деньгах. Хотя все равно немного «мутный». Саша одолжил мне пятьсот рублей, которые я ему так и не отдал никогда. Мы выпили пива с креветками у него на съемной квартире, где он жил с еще одним искателем приключений с Украины.

На следующий выходной он предложил две программы на выбор: либо мы едем к его знакомым девушкам, либо он покажет мне Москву.

Я был однозначно за первый вариант, но мы бросили монетку. Выпал орел, и мы поехал к девушкам. Дальше была самая обычная история. Но через пару дней я вернулся в Ригу.

Учеба

Я перестал хорошо учиться после второго курса. Первый раз просто проспал лекции и явился на занятия в час дня. Моя учеба стремительно стала катиться по наклонной плоскости. Неудачи на любовном фронте, в бизнесе и разгульный образ жизни также не добавляли желания «грызть гранит науки». Если первые два курса мы изучали общие предметы, и там было что-то для меня интересное, то дальше пошли «экономика» и «строительство». Уже тогда мне стало понятно, что я ошибся с выбором. Ничего, кроме отвращения, экономика у меня не вызывала. К тому же настали времена перемен. Половина зачетки у меня была еще на русском, вторая половина — уже на латышском. «Латвийские налоги» нам преподавали четыре раза, каждый год систему меняли. На первом курсе был предмет «Политэкономия», на третьем изучали Адама Смита[1].

Никакой четкой программы обучения не было, из-за веяний времени ее постоянно меняли. Все это расхолаживало. В универе бытовала такая поговорка: «На экономфаке легко учиться, но невозможно найти работу». Наши прилежные девушки, пять лет усердно записывавшие все лекции в конспекты, которые мы перед сессией ксерокопировали, после учебы не могли никуда устроиться.

Декан нам прямо говорил:

— Вы думаете, вы сюда учиться пришли? Нет, вы здесь, чтобы вы узнали, как общаться с людьми.

---

[1] Автор классических трудов по рыночной экономике.

И в этом мы действительно преуспели. Не было счета ухищрениям, к которым мы прибегали, чтобы нас не отчислили. Был у нас преподаватель по фамилии Курвиньш. Мы с Андреем на его лекции не ходили, а он для зачета требовал полный конспект лекций. Пожилой мужчина с каменным лицом и такими же принципами. Так нам сначала казалось. С тем же непоколебимым видом он сообщил нам, что нам его предмет не сдать никак.

Как-то мы шли по коридору, и нас остановил завкафедрой.

— Ребята, отнесите держатели для дипломных ватманов в зал.

Нет проблем, занесли. Зашли зачем-то на кафедру. Андрей молниеносно сообразил, что делать:

— Дима, это наш шанс. Пошли к нему в кабинет.

— Зачем?

— Потом узнаешь, давай.

Заходим, он встает и говорит:

— А, спасибо за помощь.

— Вольдемар Карлович, тут такое дело… не можем зачет сдать.

Андрей дальше рассказал о нашей проблеме.

— О! Это не так страшно! Я сейчас позвоню.

В коридоре Андрей хлопнул меня по плечу:

— Видишь, я же говорил! А ты тормозишь.

На следующий день мы снова зашли в кабинет к Курвиньшу и увидели вместо каменного лица добродушную улыбку. Не думал, что он когда-нибудь улыбается.

— Ну что же вы раньше ничего не сказали? Давайте ваши зачетки.

Он торжественно пожал нам обоим руки. А девушек перед этим заставил переписывать все лекции без пропуска. За последние два года в универе я несколько раз встречал его. Он всегда останавливался, жал мне руку, улыбался и спрашивал, как движется учеба. И подобных историй было несколько.

Один из преподов по английскому, молодая и, наверное, очень занятая женщина, появилась всего два раза — на первую и последнюю лекцию. На первой она через полчаса нас отпустила, в начале последней собрала зачетки, расписалась, и больше мы ее не видели.

Были, правда, и хорошие преподаватели, тот же завкафедрой. Андрею нравилась наша специальность, и, несмотря на все проблемы, он не скатился на тройки, иногда даже пересдавал экзамены, но на лекции мы практически не ходили. Мише было не очень важно, где учиться, он чувствовал себя как рыба в воде везде, и его ждала Англия. Он самый первый решил уехать.

Миша и казино

Мы сблизились с Мишей. Оба мы были не у дел и ходили везде вместе, напевая друг другу песни из репертуара «Аквариума». Он всегда был веселым, но как-то однажды внезапно остановился и сказал очень серьезно:

— Знаешь, нельзя все время так смеяться, может, потом придется плакать.

У него, как и у меня, родной отец был алкоголиком и тоже был отчим. Я называл своего отцом, а он по имени, как товарища. С Таней он тоже встречался недолго. Ей нравились совсем взрослые мужчины, и она его быстро «бортанула», когда поняла, что у него только ветер в голове.

Перед поездкой в Англию Миша, которого опечалить было сложно, сказал опять серьезно:

— Я с Таней решил применить тактику «лед».

Но с сексом у него было все в порядке. Он имел недолгую связь как минимум с тремя нашими девушками из группы. С одной (не буду называть имени) после совместного просмотра мультфильма «Чип и Дейл» у нее дома. После общения с другой заявил, что все хорошо, но размер ноги у нее, как у мужика, и ушел к третьей. Девушки у него менялись, как стеклышки в калейдоскопе, но отношения дольше двух недель не продолжались. Но венцом его похождений стала история с девушкой, которая когда-то жила с Агнессой и Светой в одной комнате в общежитии, потом вышла замуж и однажды приехала на выходные к ним в гости. Видимо, несмотря на замужество, она по-прежнему придерживалась моральных принципов «девушки из общежития». Миша умудрился забраться к ней в постель в той же комнате, где в тот момент спали и Света с Агнессой. Они, конечно, тоже не были ангелами, но их это шокировало. Однако Миша просто по своей природе не мог поступить иначе.

В один из обычных беззаботных вечеров мы болтались с ним по центру города, не зная, чем заняться.

— Давай, — говорю, — пойдем к Арине в казино, поиграем.

Идея была дикая, но захотелось посмотреть, где и как она работает. Миша сказал очень оригинальную фразу:

— Денег нет.

— Я тебе одолжу. — Родители подарили мне двести долларов на день рождения.

— Пошли.

Мишу не надо было долго уговаривать. Он взял у меня стодолларовую купюру, и мы направились в сторону кинотеатра «Палладиум», где находилось большое, по рижским меркам, казино.

Обычно там, где алкоголь, появляются и азартные игры. Мы прогуливали лекции и резались в карты в институтской библиотеке. Раньше можно было играть и в столовой, но потом запретили, и не только нам. Мало кому из преподавателей могло прийти в голову, что можно то же самое делать в «храме науки». Девушки-библиотекарши только улыбались, глядя, как мы играем, и ничего не имели против. На кону не было денег, мы играли пара на пару, и проигравшие ставили даже не спиртное, а лимонад.

Миша с Андреем, кроме того, ходили два раза в неделю в клуб, играть в покер. То есть Миша был к первому походу в казино подготовлен. Зашли в заведение мы уже около десяти вечера. Посетителей было еще мало, а все девушки-крупье в белых блузках и черных юбках до колена стояли вокруг столов. Мы оглядели всех и, наконец, заметили среди них Арину.

— Вы что, с ума сошли? Зачем вы сюда пришли? — Арина была в ярости, но говорила очень тихо.

Я бы и сам хотел знать ответ на этот вопрос.

— Мы хотим сыграть. Что тут такого? — бодро ответил я.

— Деньги есть, — поддакнул Миша.

До этого мы один раз ввалились туда с Алиевым, но уже изрядно выпившие, и Арине удалось нас тогда выпроводить.

На сей раз мы купили фишки и действительно поставили на кон деньги. Пару раз сыграли в рулетку, потом пошли к столику Арины, она разыгрывала Black Jack. Говорила только английские фразы из этой игры. Я все время курил и с восторгом наблюдал за ней: она говорила негромко и застенчиво улыбалась. Такой я раньше ее не видел.

Правила я до конца так и не понял. Делал все невпопад, за полчаса проиграв все деньги, а неугомонный Миша, который тоже вел себя необычно тихо, играл долго и выиграл пятьдесят долларов, тут же вернув мне мою сотню.

Наш поход в казино закончился мирно, но атмосферу я прочувствовал. Конечно, работать интересной девушке в девяностые годы в казино, где полно вечно пьяных мужиков, неизвестно как заработавших деньги, было непросто. Арина была очень неглупой и хорошо знала мужскую психологию, но осаждать всякого встречного-поперечного, наверное, было сложно.

Чтобы попасть на эту должность, она даже прошла конкурс, и директор называл ее «очень импозантной девушкой», чем она гордилась поначалу. Тот же директор иногда ночью подвозил ее после работы в общагу. Ему было лет пятьдесят, семья, дети, собака, кошка... Как-то они ехали в машине, он положил ей руку на колено и тихо сказал:

— Арина, а давайте устроим с вами небольшую сексуальную ситуацию?

И Арина ответила:

— Если вы не уберете сейчас руку, Иван Сергеевич, мы с вами устроим аварийную ситуацию.

Так мне это пересказывала впоследствии Арина.

Мирра

Мирра появилась на нашем факультете на третьем или четвертом курсе. Это была невысокая и симпатичная еврейская девушка из Таллина. Богатые родители послали ее учиться в Ригу. Было у нее и одно неоспоримое достоинство — красивая грудь. Как-то сразу мы стали дружить. В основном Миша и я — с Андреем они почему-то невзлюбили друг друга. Она хорошо разбиралась в современной литературе, много читала, и в ней чувствовалась какая-то почти врожденная интеллигентность. Была очень проста в общении.

В ее комнате в общаге собирались интересные ребята, вели диспуты на разные темы, кто-то даже читал свои стихи. Некоторые девушки из общаги ее недолюбливали, она притягивала к себе парней как магнит.

— Вот опять к Мирке пришли, сейчас Мандельштама будут читать, — услышал я в коридоре.

Характер у нее, правда, был эксцентричный. Как-то сидели в ее комнате. Там, кроме нас, была еще ее «сокамерница». Мирре что-то не понравилось, и она медленно и демонстративно вылила чашку кофе на пол. После чего переступила через лужу и удалилась. Подруга молча вытерла пол и ничуть этому не удивилась.

Мы часто шли с ней из универа пешком до общаги. Обсуждали самые разнообразные вещи, даже политику. Я и не думал за ней приударять. Это была только дружба, хотя, говорят, что так не бывает.

Вот однажды идем по главной улице. Весна, все начинает просыпаться... Она бросает на ходу:

— Подожди, я зайду в магазин.

Возвращается с веткой бананов.

— Вон первое открытое кафе. Пойдем, посидим.

Она уселась и стала очищать банан. Потом говорит:

— На, ешь.

— Спасибо.

— Не стесняйся. Бери еще.

Я почувствовал себя ребенком, которого кормят с ложечки. Мы заказали кофе.

— А ты представительный.

— В смысле?

— Ну если тебя причесать, одеть в хороший костюм, галстук там...

— Вот чего не думал, того не думал.

— У меня скоро день рождения, приходи в воскресенье.

— Естественно, я приду.

***

Мне позвонил старый клиент из Литвы и заказал новые латвийские марки. Этого давно не случалось, и я не против был заработать. Поехал в Каунас[1] и вернулся через два дня с какими-то деньгами. Купил, как положено, розы, бутылку шампанского и направился к Мирре в общагу.

В небольшой комнате было человек двадцать пять. Я не думал, что такое количество людей может там поместиться. Было очень шумно и весело. Я был единственный, кто принес бутылку. Разлили шампанское по пластмассовым стаканчикам, каждому досталось по глотку. Я попал в какой-то другой мир. Люди были с разных факультетов, все чем-то увлекались. Девушки не были такими спокойными и безжизненными, как наши одногруппницы-рижанки. Один парень играл на гитаре и пел, причем очень неплохо, я с большим вниманием слушал. Интересно, что пели люди под гитару, когда не было песен Цоя? Их до сих пор поют в таких случаях.

На этой вечеринке я впервые познакомился с настоящим музыкантом, Сашей Кригером. Он играл на дудочке в ансамбле старинной музыки. Вроде просто, но только на первый взгляд. Видел его громадную фотографию в газете: в Риге он был известной личностью. С длинными волосами, но не похожий на рокера, он

---

[1] Город в Литве.

странно одевался, а-ля растаман, и был совершенно не таким, как мои друзья, жил в какой-то другой реальности. При этом был отнюдь не глуп. У него была постоянная девушка, на которой он впоследствии женился. После универа он тоже долго не мог найти работу. Трудно представить, как они умудрялись жить, не имея за душой ни гроша. У меня это никогда не получалось.

Саша сыграл мелодию всего на двух басовых струнах и спел. Все восторженно аплодировали. Я танцевал с Миррой. Она была благодарна за розы и шампанское. Потом зачем-то сказал дурацкую фразу:

— Знаешь, я совершенно пустой человек, по сравнению с этими ребятами.

— Ты что, напрашиваешься на комплимент?

Мирра потом приходила уже на мой день рождения, на котором присутствовали почти все персонажи этой книги, в том числе и совершенно неожиданно появившиеся Арина с Таней. Я приглашал ее в ресторан в Старой Риге, мы гуляли, болтали, но дальше у нас ничего не пошло, я слишком был занят другими проблемами.

Но после общения с Миррой и той вечеринки у нее я все больше стал задумываться, чем заниматься дальше. Но я уже понимал, что это не будет экономика.

Арина выходит замуж

Миша уехал в Англию по студенческой визе и больше не возвращался в Латвию. Андрей продолжал заниматься рыбным бизнесом и снова попал в капкан с кредитами. Об учебе мы вспоминали только во время сессии. Я устроился благодаря своему другу Валентину в «Дворец спорта»[1] продавцом. Только у Алиева складывалось все гладко. Он начал работать в МИДе.

Я продолжал наведываться к Арине в общагу, хотя она бывала там все реже и реже. Работа в казино наложила на нее свой отпечаток. Мой отец саркастически улыбался, когда я говорил о ней: «А, это та девушка, которая в казино работала?» Почти все ее подруги развелись с мужьями, но я ничего дурного не хотел знать.

Она пришла в «Дворец» сама и сказала, что хочет поговорить. Я был очень удивлен.

— Дима, я выхожу замуж.

Она говорила устало и серьезно.

От ее подруг я знал, что она замотана ночной работой, перестала ходить на лекции. Поклонники сменяли друг друга, но ей уже самой это надоело. Мне тоже было не до шуток.

— Тогда зачем ты пришла?

— Я знаю, ты же приходишь в общагу, ищешь меня…

Никто не любит, когда его жалеют. Я вспылил:

— Выходи! Можешь хоть подыхать так!

У входа ее ждали подруга и какой-то мужчина лет пятидесяти. Я заметил, что она побледнела и смотрела куда-то. Потом она ушла быстрыми шагами.

На следующий день я пришел к ней на ее вторую работу, в офис строительной фирмы.

Мы стояли у окна в коридоре, я пытался что-то изменить.

— Если пришла пора тебе выходить замуж, выходи за меня.

— А где мы будем жить?

---

[1] Торговый центр в здании «Дворца Спорта».

«Какая разница?» — думал я, но на самом деле туманно представлял совместную жизнь. Ее заявление и приход в «Дворец» застали меня врасплох.

— Мне кажется, мне с тобой будет плохо.

— Почему?

— Димка, может, ты садомазохист? Ты мучаешь себя и меня. Я уже все решила. Вчера ночью.

Я стиснул зубы. Очень хотелось разбить окно.

— И зубками скрипеть не надо, Димка.

Она пошла обратно в свой офис. На ней был костюм, какие сейчас носят работницы банков и служащие, длинные волосы были собраны в пучок. Она обернулась и показала мне язык.

***

От подруг Арины я узнал, что она выходит замуж за «бригадира», парня двадцати шести лет, двухметрового роста и с железными бицепсами. Больше о нем никто ничего не знал. Для ее знакомых все было так же неожиданно, как и для меня. Муж одной из ее подруг посоветовал мне держаться от нее подальше во избежание серьезных проблем.

Через полгода, на 8 Марта, я решил прийти к ней в офис и поздравить с праздником. Купил букет желтых роз.

— Спасибо. — Ее лицо выражало спокойное счастье.

Арина очень изменилась. В казино она больше не работала, пыталась восстановиться в университете. Бесконечная усталость от ночной работы прошла, и она заметно похорошела.

— Мы с Сережкой пока решили отложить свадьбу. Я живу у него, с его родителями. Он ходил в университет, говорил с деканом, чтобы мне разрешили продолжить учебу.

— Кто он такой и почему ему так повезло?

— Неизвестно еще, кому больше повезло. — Она улыбалась, но не так, как раньше, озорно и кокетливо. — Он скрутил меня за один день. Мы познакомились в «Арго». Просто сидели, болтали. Он мне так улыбался... И все. Сказал сразу: «Ты будешь моей женой»...

— Я тебе это тоже говорил.

— Он будет любить меня всегда. Потом мы поехали к нему домой. Если бы он проводил, как обычно, до общаги, то ничего бы не было. Всю ночь проговорили и даже не переспали. Но все уже было решено.

— Ты очень красивая.

Я смотрел на ее лицо как в первый раз.

— Почему ты раньше мне это не говорил?

— Не знаю.

Было ясно, что ей хорошо и спокойно с этим человеком.

— Ты думаешь, он какой-то особенный? Нет, обычный парень... Димка, не циклись. Если ты будешь искать, то найдешь ее.

— Она — это ты.

Я уже понимал, что нескоро ее увижу.

— Ты неважно выглядишь.

— Проигравшие всегда так выглядят.

— А ты до сих пор играешь?

Нет, я уже не играл ни во что, но мне было трудно осознать, что все кончено.

— Ладно... Мне надо работать.

Обычно, когда я бывал у нее, то вел себя, как каменный гость, не мог оторвать глаз. Я просто мог долго смотреть на нее и молчать. Но сейчас понимал, что надо уйти. Не было смысла продолжать искать с ней встреч или звонить. В следующий раз я увиделся с ней через несколько лет.

Демон Алкоголь

Наши взаимоотношения с алкоголем начались где-то после первого курса. Моими собутыльниками в основном были Алиев, мой друг, одноклассник Валентин и Миша с Андреем. Вначале нам было просто весело. Мы ходили с Мишей и Андреем в один ресторанчик в латышском национальном стиле в Старой Риге, заказывали пару кувшинов крепкого пива и чокались глиняными кружками, как в фильмах про мушкетеров.

С Алиевым мы одновременно читали Ремарка и придумали целый ритуал. Его герои ходили из одного кабака в другой, и мы проделывали то же самое. Обычно это происходило в той же Старой Риге. Сначала заходили в какой-нибудь ресторан, брали там по бокалу-другому вина, дальше шли в следующий и так далее. За вечер и часть ночи обходили по семь-восемь заведений. Единственное, мы не могли найти любимого напитка Ремарка — кальвадоса. Позже Андрей откопал его в каком-то магазине, и с тех пор мы с ним не расставались. Вроде яблочного сидра, только крепче.

Алиев изучал испанский язык и после четвертого бокала переходил с официантами на испанский. На все претензии к нему он отвечал:

— No comprendo[1].

Потом еще что-то говорил. У него был восточный вид, за латиноамериканца его принять было сложно, но он старался. Говорят,

---

[1] Не понимаю (исп.)

что традицию справлять нужду у памятника Свободы[1] придумали английские туристы. Это не совсем так. Алиев обычно проделывал это после одиннадцати вечера под дверьми туалета кафе «Лайма», что под часами. В то время он был уже закрыт. Камер наблюдения тогда не было, и обычно ему это сходило с рук, но пару раз он попадался и проводил ночь в полицейском участке. Я как воспитанный мальчик терпел до дома или парка, но после полутора-двух литров вина или пива это было болезненно.

Один раз наши возлияния привели к серьезной драке. Мы начали с Алиевым, как обычно: встретились около моего дома в Пурвциемсе[2], гуляли полтора часа, горячо обсуждая, кто станет следующим президентом США, потом шли ко мне. Дома никого не было, и мы нашли в кладовке странную глиняную бутылку с неизвестной жидкостью. Смелый Эльдар попробовал и сказал, что пить это можно.

Я не знал, что это за напиток. Мой дед делал когда-то дома вино: оно хранилось в той же кладовке в трехлитровых банках, но его мы с Алиевым давно выпили. То, что мы нашли, было крепче вина. Немного захмелев, Алиев спросил:

— Что же это все-таки такое?

Я сказал первое, что пришло в голову:

— Экстракт, из которого делают вино.

Алиеву это настолько понравилось, что еще через час, уже изрядно пьяный, он обзванивал всех знакомых и говорил одну и ту же фразу:

— Ты знаешь, что мы пьем? Экстракт, из которого делают вино!

Потом выяснилось, что это был бальзам, простоявший двадцать лет в кладовке. Но этого нам показалось мало. Мы пошли в кафе около

---

[1] Высокий памятник в самом центре Риги
[2] Спальный район Риги.

«Морковки» — так в народе назвали оранжевый магазин около моего дома, и стали пить там водку. Вышли из кафе, и Эльдар начал приставать к каким-то двум девушкам. Я пытался его удержать, и началась драка. Последний раз мы с ним дрались в шестом или седьмом классе, и я уже забыл, как это было. На этот раз его удары были такой силы, особенно в лоб, что у меня темнело в глазах. Я тоже пару раз ему врезал, и у него потекла кровь. Он был разъярен. Я посмотрел на него и испугался:

— Эльдар, хватит, мы убьем друг друга.

Но он не унимался. Тогда я побежал в сторону своего дома. Люди около магазина все это видели, но никто от страха ничего не сказал и не сделал. Он бежал за мной, что-то крича. Мне удалось добежать до квартиры, она была на третьем этаже, и закрыть дверь. Эльдар стучал кулаками в дверь:

— Открывай!

Я перевел дух и все же впустил его. Думаю: будь что будет. Тут он неожиданно обмяк и сказал:

— Все, мир.

И поплелся в ванную замывать раны. Мне стало плохо. Я еле добежал до туалета. Иногда я еще брился опасной бритвой, и в ванной на подоконнике лежали лезвия. Алиев взял одно и полоснул себя по пальцу. Дальше он приставил его к моему пальцу и сказал уже почти без сил:

— Теперь мы братья.

И пошел спать в большую комнату.

Жуткая история, но из песни слова не выкинешь. Через полчаса пришла моя бабушка. Она испуганно переводила взгляд со спящего Алиева на меня. К утру он отоспался и пришел в себя. Я проводил его до дома. Больше желания серьезно пить с ним у меня не возникало.

С Валиком, Андреем и Мишей мы тоже сильно выпивали в общаге, но до такого не доходило. Мы просто засыпали. У Валентина, единственного из нас, была машина. Мы садились и ехали в ту же «Морковку». Брали пять-шесть бутылок водки, в основном Absolut. Собирались у Андрея в общаге. Вдохновителем был Валик, я где-то посередине, Андрей как случайный пассажир.

Валик с детства болел астмой и до шестого класса жил в специальном интернате. Но пил он больше всех и мог спокойно выпить литр. Мне после пол-литра уже ничего не хотелось. Андрей уже тогда говорил, что главное, чтобы мы научились справляться с этим «питием», если окажемся в сложных жизненных ситуациях. Он как в воду глядел.

Алиев же познакомился с миниатюрной девушкой из Венесуэлы по имени Габи. Она тоже училась в Риге. Этот роман оказался для него удачным, до этого мы были с ним похожи в отношениях с женщинами. Такого яростного экстрима больше не было, и он немного успокоился, но наши пути все равно разошлись.

Авраам

Общение с друзьями Мирры и Кригером подтолкнуло меня к занятиям музыкой. Это было немного странно для моих институтских товарищей, но мне терять было особо нечего.

Я нашел преподавателя и стал учиться игре на гитаре и нотной грамоте.

— Да, Дима. Не думал, что ты на такое решишься. Молодец, — говорил мне Андрей.

Он стал меня подбадривать и даже содействовать.

— Ты думаешь, наши рокеры очень хорошо играют? Нет, так научиться можно. Давай, Дима, не дрейфь.

Парень, который меня учил, говорил:

— Ну, Пако де Лусия ты не станешь, но при усердии что-то внятно сыграть сможет каждый.

— А как же слух, музыкальность?

— Главное, любить музыку. Людей совсем без слуха я не встречал. Надо только попадать в нужную долю.

Я начал яростно заниматься. Выучил несколько мелодий, аккорды. Демонстрировал все это Андрею. Он снисходительно слушал:

— А что, неплохо. С тобой, наверное, скоро только о музыке можно будет говорить.

Мой первый учитель был металлистом. Он сам играл на электрогитаре в группе и к обучению подходил немного поверхностно и рассеянно. Даже не носил с собой на уроки обычный инструмент. Пока я переписывал ноты, он самозабвенно штудировал свои партии.

В какой-то момент я перестал у него заниматься и позже встретился с моим главным учителем. Его звали Авраам. По национальности он был армянин, что уже было редкостью для Риги в то время. Авраам обладал харизматической внешностью. У него был высокий рост, атлетическое телосложение. Лысоватый, с иссиня-черной бородой и усами, он сразу выделялся из уличной толпы. В юношестве Авраам занимался вольной борьбой, но не мог найти себе соперника в Латвии.

Я пришел к нему по объявлению. Он стал рассказал мне, чем собирается со мной заниматься. Авраам сыграл несколько классических мелодий. Я сразу понял, что попал по адресу. Это была профессиональная игра. Меня поразил сам звук его инструмента.

Позже я узнал, что это была испанская классическая гитара известного мастера из Москвы. Ничего подобно я до сих пор не слышал, хотя пересмотрел множество инструментов. Тембр и громкость были неповторимы.

Наконец он снова взял гитару и сказал:

— Бахуса тоже будем играть. — Так он иногда называл Иоганна Себастьяна Баха.

И он виртуозно сыграл отрывок из фуги Баха. Я был просто изумлен. Много слушал разной музыки до этого, бывал на концертах, и у меня был какой-то запас знаний, но то, что я услышал, меня потрясло.

С этого момента я твердо решил, что буду заниматься этим всю жизнь.

Я не пропускал ни одного занятия, ездил раз или два в неделю на другой конец города, переписывал ноты, занимался по два-три часа в день. Наконец появились первые успехи. Я был все время чем-то занят. Мысли об Арине постепенно отходили на второй план.

Авраам был хорошим музыкантом и интересным человеком, и он не только привил мне любовь к классической музыке, но и приобщил, например, к прозе Василия Аксенова, а также ко многим другим вещам, о которых я раньше не знал.

Универ я, однако, не бросал, и, в конце концов, мы с Андреем получили заветные дипломы.

Встреча в банке

После разрыва с Машей мы пересекались много раз в общаге, у нас были общие знакомые, и Маша обычно язвительно обо мне высказывалась. Я ходил в каком-то странном длинном коричневом пальто, и она говорила, что я выгляжу как «полубомж». Возможно, так и было, но я не обижался. Говорила также с иронией: «Дима большой оригинал». «Наверное, — думал я, — это заслуженно». Хотя я не был инициатором расставания, меня все устраивало.

После окончания учебы, где-то года через два, мы встречались, тем не менее. Я узнал, что она работает в банке, и решил ее навестить. Где еще работать филологу? Мне все равно хотелось ее видеть, несмотря на все взаимные обиды.

Денег у меня не было, и я решил продать свои часы Seico, купленные в лучшие времена. Зашел в часовую мастерскую и через десять минут получил небольшую сумму. Ее хватило бы, чтобы сводить Машу в кафе.

Банк находился в конце узкой улочки Старой Риги. Я зашел и спросил, здесь ли работает Маша. Пытался ее описать. Девушка-секретарь меня сразу поняла, и через минут пять Маша спустилась. Она была очень хороша: сделала короткую стрижку, стала красить волосы в темно-рыжий цвет. Строгий офисный костюм придавал ей какой-то шик, которого я не замечал раньше.

Я был уже в другом пальто, и она заботливо поправила мне воротник.

— Подожди меня на улице, если хочешь. Я заканчиваю в пять.

— Хорошо.

Я вышел и стал прогуливаться недалеко от банка.

На улице никого не было, и ждать пришлось довольно долго. Наконец из банка вышли двое рослых мужчин очень крепкого телосложения. Единственное, чего им не хватало до образов крутых гангстеров, так это черных очков. Они направились в мою сторону.

— Что ты тут делаешь? — спросил один с небольшой угрозой в голосе.

— Я жду девушку, она у вас работает.

Они меня внимательно разглядывали.

— Ну-ну. Ладно, только веди себя тихо.

— Хорошо.

Они удалились. Сложно, наверное, проверять так всех прохожих. Через десять минут Маша вышла, мы пошли из Старой Риги на трамвай.

Она шла молча, с непроницаемым лицом.

— Давай зайдем в кафе.

— Нет, я не хочу.

Она помолчала.

— Ты работаешь? — спросила без особого интереса в голосе.

— Нет, сейчас ищу работу.

— У нас в банке есть место, я могу составить протекцию.

Положение у меня было действительно плохое, но я отказался.

— Спасибо, нет.

— Как хочешь.

Это было неправильное решение. Мой безработный статус доставлял много хлопот близким, и разыгрывать гордость было неуместно.

На все дальнейшие попытки завести разговор она отделывалась лишь короткими фразами.

Я понял, что совсем потерял ее.

Света Номер Два

Почему расстались Андрей и Света, я так и не узнал. Не имел склонности лезть в чужие дела. Возможно, у них не сложилось из-за постоянных неурядиц с его бизнесом. Мне на самом деле было очень жаль, что они уже не вместе. Я любил беседовать со Светланой.

— Я встречусь с ней снова, только если стану начальником отдела в американской фирме, — сказал мне Андрей.

— Хочешь вернуться на белом коне?

— Да, что-то вроде того, Дима.

Но где-то через полгода, незадолго до отъезда в Америку, Андрей стал встречаться со Светой Номер Два. Она тоже жила в общаге, и у них довольно быстро все получилось. Таков был Андрей: он долго не оставался без женщины никогда. Он не скрывал от нее, что собирается уезжать, но, когда пришла пора расстаться, она восприняла это обстоятельство болезненно.

Примерно месяцев через семь после отъезда Андрея я случайно встретил ее на Марияс. Эта улица, бывшая Суворова, — одна из центральных улиц Риги. Раньше там было мало машин, но много магазинов и маленьких кафе. У меня с собой был футляр с гитарой. Обменялись приветствиями, и я спросил:

— Почему ты не спрашиваешь, как Андрей?

Она не ответила, но предложила посидеть в кафе.

Говорила, что много общается с разными людьми и какое-то время у нее было «полно секса». Я удивился такой откровенности, но ничего на это не сказал. Света начинала мне все больше нравиться. У нее были светлые волосы, очень белая кожа и нормальная фигура. Правда, худенькой ее назвать нельзя было, и одевалась она в какие-то балахоны, явно пытаясь что-то замаскировать. Причем совершенно напрасно.

Я пошел ее провожать до дома. От центра почти до окраины мы дошли за час пешком, болтая обо всем на свете. В какой-то момент она даже спросила:

— А что ты слушаешь?

Это напомнило мне разговоры с девушками в школе. Потом она дала свой рабочий телефон, и мы разошлись. Света подрабатывала в маркетинговой фирме, устраивала рекламные акции в магазинах. Где-то через неделю я решил ей позвонить.

Она удивилась:

— Не думала, что ты позвонишь.

— Давай сходим в «Алладин».

Было такое кафе в центре в восточном стиле.

На сей раз я решил действовать не спеша, насколько это было возможно.

Вскоре наши похождения по кафешкам стали постоянными. Она знала такие места, о которых я и не догадывался. Например, на одной из главных улиц мы сидели на втором этаже в небольшом индийском кафе. Нам подавали чай в красочном кувшине или самоваре, наливали его в красивые кружки. На столе по углам дымились благоухающие палочки. До этого я не знал, что можно так хорошо посидеть в кафе, просто попивая чай и отдыхая.

У Светы с детства была сильная аллергия. Она пила лекарства и каждые пять минут бегала в туалет. В ней было что-то и болезненно и трогательное, и она нравилась мне с каждой нашей встречей все больше и больше. Она рассказала, что после шока в связи с отъездом Андрея полгода жила с психологом в одной квартире и принимала снотворное.

Она приучила меня пить кофе с бальзамом в маленьких рюмках. Как-то мы сидели зимой в кафе. На сцене гитарист очень хорошо играл джазовые мелодии на акустической гитаре. Вышли на улицу и прошли уже метров пятьдесят, услышали сзади крик. За нами по морозу в одной рубашке бежал официант и кричал по-латышски:

— Стойте! А деньги!

Я был так увлечен музыкой и Светой, что забыл расплатиться. Слава Богу, парень попался с юмором и вошел в ситуацию.

Потом мы поехали к ней в общагу. В квартире, что была на краю города, она, оказывается, просто иногда гостила у родственников.

«Ну, — сказал я себе, — выходим на финишную прямую».

Мы купили продукты в ближайшем магазине и первым делом пошли на общую кухню жарить мясо. Вместе мы быстро справились. После ужина она уселась на кровати в позе лотоса, я пристроился рядом. Но никакой искры не возникало. Наконец, улыбаясь, она сказала:

— Ну, Дим, а что теперь?

Я решил открыть карты и честно заявил о своих намерениях.

— Димка, нет! Ты что!

— По-моему, это естественно, — заявил я, но тут с ужасом понял, что уже немного забыл, как надо действовать.

— Мне кажется, я для тебя просто воспоминание о прошлой жизни, — попыталась втянуть меня в разговор Света.

Я переключил тему:

— Давай просто полежим вместе, это сближает.

Она засмеялась:

— Я знаю, что дальше будет.

— Я тоже знаю, но почему ты против?

— Пойми, ты и Андрей... Это все равно как с братом спать.

— Я так не считаю.

Она все равно улыбалась:

— Андрей относился к тебе как к сыну, у нас ничего быть не может, извини.

— А я даже новые трусы купил вчера.

Света развеселилась еще больше:

— Ты знаешь, сколько у меня трусов? Сорок пар!

Очень опечаленный я пошел с Тейки домой. Шел и думал, что она все еще вспоминает об Андрее. Еще какое-то время продолжал встречаться с ней и пытаться ее уломать, несколько раз приходил в общагу. Но вскоре стало понятно, что все бесполезно. Несмотря на срыв от расставания с Андреем у неё оказались крепкие нервы и вскоре мне пришлось ее забыть. Через пару лет она вышла замуж и родила двух мальчиков. Думала ли она все еще об Андрее, я не знаю.

Отъезд в Америку

Прошла еще пара лет. Андрей звонил иногда из Америки и дрожащим от радостного возбуждения голосом сообщал о своих первых успехах там. Его жизнь постепенно налаживалась, и он продолжил изучать экономику. Алиев стал работать в посольстве в Вашингтоне и сделал мне приглашение, визу тогда было сложно получить. С трудом пройдя собеседование в Риге, я получил заветную аппликацию с американским гербом в паспорте и стал готовиться к поездке.

В один из последних дней перед отъездом я позвонил Арине на новую работу. Мне дала телефон ее подруга. Прошло пять или шесть лет с нашей последней встречи.

— Привет. Это Дима.

— Откуда ты взялся? — После рождения ребенка у нее изменился голос.

— Меня папа с мамой сделали. Давай встретимся, я скоро уезжаю.

— Конечно, я с тобой встречусь, расскажешь. Приходи ко мне вечером.

Она назвала адрес юридической конторы в центре, где она теперь работала. Я зашел за ней в офис, и мы пошли в кафе напротив. На улице было то типичное для Риги время года, когда непонятно, то ли осень, то ли зима на улице. С неба лил бесконечный дождь, под ногами была слякоть. Было еще не поздно, но уже темнело.

Я взял себе кофе, а Арина захотела только апельсиновый сок. Не знаю, завивала ли она еще волосы, но в тот день длинные пряди были почти прямыми.

— Я решил уехать в Америку. Хотел повидаться перед отъездом.

— У Сережи сейчас тоже нет работы.

Не сказать, чтобы она была бы веселой.

— Пускай приезжает к нам.

— Я учусь в магистратуре. Три года отдыхала. Сыну уже пять, он у меня занимается тхэквондо...

Я закурил, и через минуту подскочила барменша:

— Здесь нельзя курить!

Это было обычное кафе без алкоголя.

— Извините, я не знал.

Я затушил сигарету и стал смотреть на Арину. Она молчала.

— Вот я столько раз представлял эту встречу, а говорить не о чем.

— Нет общих тем. Видела Алиева на встрече выпускников, даже с ним танцевала...

— Он помог мне сделать визу.

Мы поговорили еще об общих знакомых, и я проводил ее обратно до офиса, ее ждала машина.

— Этот парень, с которым ты тогда уехала на такси… Таня сказала, что ты любила его.

— Он учился в Политехе… Высокий, красивый… Но оказался редким дерьмом. А Танька с ним переспала потом.

Не люблю, когда о ком-то так говорят.

— Ты закончил универ?

— Да. Но занимаюсь музыкой.

— Это хорошо, что ты закончил.

— Арина, как мне выбросить тебя из головы?

— Меня должен кто-то перебить…

***

Совсем скоро самолет уносил меня в направлении Вашингтона.

В Америке

Глава 1

Поездка в Америку — самая эпичный провал в моей жизни. И начался он с того, что я поехал не сразу в Детройт к Андрею, у которого собирался остановиться, а в Вашингтон к Алиеву. Интересно было с ним увидеться, но Андрею я твердил, что мне нужно поблагодарить Эльдара за приглашение из посольства. Андрей обиделся, хотя это неправильное слово, характеризующее его настроение. Скорее, он был недоволен. Он осуждал меня за то, что я выбросил на этот крюк кучу денег, которых, как он понимал, у меня особо не было.

Тем не менее, почти после суточного перелета без единой минуты сна я приземлился в столице Америки. Алиев встретил меня в костюме-тройке, весь лощеный, как звезда шоу-бизнеса. Он единственный в школе вечно носил в кармане расческу и вставал на полчаса раньше других, чтобы привести себя в порядок. С внешним видом у него всегда было хорошо, и этот вечер не был исключением. К тому же он женился и слегка располнел, что придавало ему уверенности и солидности.

Я чувствовал себя ужасно, но пришлось поддерживать разговор по пути из аэропорта. Говорили опять на ту же тему — кто будет президентом США в следующий раз, и я немного оживился. Тогда кандидатами были Альберт Гор и Джордж Буш. После часовых дебатов мы пришли к согласию, что шансов у Буша больше. Так впоследствии и получилось.

Алиев потащил меня в центр в ресторан, хотя моим единственным желанием было приземлиться в отеле, который он для меня снял. Посольство предоставляло ему маленькую квартиру, и пригласить к себе он меня не мог или не хотел.

Ели ресторанную пиццу, и я пытался делать вид, что мне интересно, что он говорит. Когда политическая и женская повестки были исчерпаны, а по бокалу вина выпито, Эльдар испытующе посмотрел на меня и произнес знакомую фразу:

— Может, накатим?

…И мы направились к стойке бара. Человек налил нам водки, и по ходу дела Алиев по-испански выведал, что тот из Коста-Рики. В этот раз обошлось без происшествий, но в отель на краю города мы приехали, как сам Алиев любил выражаться, «уже хорошие».

Было около двенадцати, и девушка-портье нас с интересом разглядывала. До этого она читала какую-то толстую книгу, и сквозь весь этот пьяный угар я наконец разглядел название. Это были «Братья Карамазовы» на английском языке.

По всей видимости, Алиев как-то незаметно ушел, потому что я очнулся утром в номере с раскалывающейся головой. На меня смотрел только сосед азиатской внешности. Он был беженцем из Индонезии и жил в этом задрипанном месте уже три месяца. Размышляя, не привиделось ли мне накануне название книги, я спустился вниз, но девушки уже не было, а на ее месте стоял пожилой мужчина благочестивого вида. Он сказал, что можно идти завтракать.

Все постояльцы, которых было человек двенадцать, сидели за одним столом, во главе которого восседал все тот же пожилой дядька. Неожиданно для меня все встали, и он начал читать молитву.

Английский я знал плохо и понимал, что делать, при помощи догадок и жестов, но последовал общему примеру. Наверное, мы благодарили Бога, что он все ж таки послал нам этот завтрак, несмотря на Достоевского и нашу вчерашнюю пьянку.

Я поехал в центр города. В автобусе все были чернокожие, и я понял на себе, что они чувствовали, когда в Риге в транспорт заходил их соплеменник, и все пассажиры в троллейбусе таращили на него глаза. Центр напомнил мне Ригу. Я заходил в книжные магазины, пил кофе и даже дошел до решетки Белого Дома, у которой не увидел ни одного человека.

Опять блуждал и случайно в незнакомом миллионном городе встретил Алиева. В Риге мы встречались так много раз, чаще чем с другими друзьями, может, ходили теми же тропами. Но Рига значительно меньше. Мы посмеялись, пообедали, и на этом мой вояж в столицу лидера гонки ядерных вооружений закончился. Я улетел в Детройт.

Глава 2

Андрей встретил меня также вечером, приехав на новенькой Honda-CRV. Машины всегда были его слабостью, и права он получил еще в школе. Я сразу заметил в нем какую-то перемену, только не мог понять сразу, какую. Но это был даже не легкий акцент речи, а скорее резкость суждений, которой он, правда, и раньше немного страдал. И он мне показался куда увереннее, чем в Риге.

Его подруга и будущая жена Ксения уже спала, когда мы приехали, так что ее я увидел только на следующий день. Они уже жили в своем первом доме, купленном в ипотеку. Андрей прошел путь от помощника официанта или «бас-боя», собирающего со столов посуду, до помощника бухгалтера в солидной фирме. Между этими двумя ипостасями доучивал язык и экономику и работал пару лет официантом. Когда мы с ним встретились, он уже твердо стоял на ногах и свободно говорил по-английски. Я отстал от него на несколько лет.

Утром я услышал шаги и краем глаза увидел Ксению, которая оказалась небольшого роста и выглядела сосем юной. Позже я узнал, что она старше нас. Я сделал вид, что сплю, и познакомились мы уже вечером. В Америку она приехала с родителями на очередной волне еврейской эмиграции, получила местный диплом и тоже свободно говорила на английском. Причем постоянно смешивала русские и английские слова.

— Хани, поедем сегодня покупать обувь? — спрашивала она у Андрея.

В тот же вечер у нас состоялся серьезный разговор. Они наперебой спрашивали меня, почему все-таки я не поехал сразу в Детройт. Я оправдывался, как мог, но не очень убедительно. Алиев и Андрей испытывали взаимную неприязнь еще в Риге.

Андрей сообщил, что в Детройте без машины никуда и мне нужны права и любая работа. Так оно и было. Там, где они жили, не было общественного транспорта.

Совсем недавно от них съехал другой приятель Андрея, и они только облегченно вздохнули. И тут приперся я, хотя Андрей звал меня гораздо раньше, еще до знакомства с будущей женой. Ситуация складывалась не очень хорошая с самого начала, но деваться было некуда. Сейчас я с трудом представляю, как мы прожили три месяца в трех небольших комнатах, где в своей я отчетливо слышал крики: «Beautiful!», совершенно не заглушаемые предусмотрительно включенным магнитофоном. Ксения иногда была похожа на маленькую девочку, иногда бывала жесткой и нервной, но понять ее было несложно: им хотелось быть одним. Как бы то ни было, Андрей, как мог, помогал, а Ксения через знакомых нашла мне первую работу в прачечной.

Глава 3

Прачечная оказалась совсем небольшой — несколько машин и всего три или четыре гладильных доски, для которых заведение и работало. Белье туда отдавали в основном для того, чтобы гладить, это мало кто любит. Хозяйки оказались аж две, а работница, кроме меня, в тот день была только одна. Часа два или три я усердно работал, проклиная про себя белый свет и цвет, хозяйки давали мне ценные указания о том, как правильно гладить лифчики, но мне уже стало ясно, что лучше поискать другую работу.

Темнокожая работница, которая была беременной, приехала из Латинской Америки, чтобы родить гражданина США и получить гринкарту, и ничуть этого не скрывала. Язык, на котором мы с ней разговаривали, напоминал эсперанто, и меня утешало лишь то, что она говорила не лучше меня. Всегда удивляло, как люди часами могут выполнять однообразную работу, и я попросил дать мне отдохнуть. Одна из хозяек проводила меня в подсобку, в которой стояло большое кожаное автомобильное кресло. Не знаю, как оно там оказалось, но, скорее всего, оно было вытащено из джипа.

Сел я в него, а точнее, прилег и заснул минут через десять. Когда проснулся, обе хозяйки стояли и смотрели на меня строгим взглядом, при этом одна из них протянула мне тридцать долларов.

— Спасибо, — говорю.

— Больше можешь не приходить, — сказала она по-русски.

— Да я уже понял.

Ксению я, конечно, подвел, но видеть сорочки и блузки я больше не мог.

Глава 4

Вторая тень пробежала в наших отношениях с Ксенией и Андреем после неудачи с прачечной, но, по счастью, Андрей договорился с менеджером ресторана, где он раньше работал, и меня взяли туда. Большой ресторан, куда каждый вечер после работы приезжали человек двести или триста, многие американцы не любят ужинать дома.

— Дима, а ты выдержишь? Там надо будет соображать и бегать быстро.

— Не знаю, я попробую.

— Ладно, если что, позвонишь. На первых порах Андрей подвозил меня в ресторан и обратно.

— В случае моей смерти прошу считать меня коммунистом, — сказал я и пошел в подсобку.

Единственное, на что я мог рассчитывать без знания языка, была работа бас-боя, которая заключалась в том, что нужно было убрать со стола грязную посуду, отнести ее в мойку и подготовить стол для следующих клиентов — протереть и положить чистые приборы. Все просто, но самым интересным был темп этой работы — часов с пяти количество клиентов начинало увеличиваться в геометрической прогрессии, и официанты, из чаевых которых и складывался заработок бас-боев, не всегда успевали их обслуживать; бас-бои бегали с поддонами грязной посуды на кухню, второпях протирая столы. Длилось это часа два-три, и под конец официанты уже помогали бас-боям. А после делились с нами типами.

В первый же день я получил сто двадцать долларов, чему очень удивился Андрей. Мне эта круговерть понравилась, без дела никто не сидел ни минуты.

— Если так пойдет, проблем не будет. — сказал Андрей, забирая меня из ресторана на машине уже почти ночью.

— Но без машины все равно нельзя, — еще раз подтвердил он.

Мы ехали полчаса до дому, и зашел вечный разговор. На кухне в ресторане я познакомился с худенькой, небольшого роста, но интересной девушкой, говорящей по-русски.

— В начале, когда приехал, было тяжело с этим. Через полгода даже ходили с приятелем в стриптиз-клуб, — делился со мной Андрей. И действительно, на него это было не похоже.

— Потом учеба, одно, другое. Познакомился с тайкой, такой маленькой, с гибкой точеной фигуркой. Ух! До сих пор вспоминаю. Потом Ксения, и все как-то встало на свои места. А ты?

— После Светы твоей ничего толком не было. А сейчас я даже не помню, как она выглядела. У меня плохая память на лица.

— А Арина?

— Для Арины я всегда был пятый гриб за сценой. Это законченная история.

Хорошо, что он никогда не давал советов в личных делах, и на этот раз тоже.

Глава 5

Мы поехали с Андреем в русский автосервис и купили там старый синий «понтиак» за четыреста долларов. Это были почти все деньги, которые у меня были. Машина была ржавая, и ей было лет пятнадцать, но на ходу, и, на первый взгляд, никаких проблем не было.

Чтобы получить номер, я ходил пешком километров пять или шесть до ближайшего к Андрею полицейского участка. Машину я никогда не водил, и в один из вечеров Андрей начал учить меня ездить. В первый раз это длилось около часа, второй — полчаса, может, был еще и третий. Наконец Андрей сказал:

— Дима, а что, ты неплохо водишь, можешь ехать в город.

До этого мы ездили кругами по его району. Без машины действительно никуда не было возможности двинуться, но у меня не было прав. В полицейском участке мне также выдали небольшую брошюру для сдачи экзамена по теории. Ее я штудировал каждый вечер, читать по-английски мне всегда было легче, чем говорить. Вот это и был весь мой опыт вождения перед первой поездкой в центр Детройта. Небольшое отступление: Америка действительно свободная страна. Никто не спрашивал меня, зачем мне нужен номер для машины, как я собираюсь сдавать на права и какая у меня виза для этого или знания английского. Хочешь ездить — сдай экзамен, купи машину и колеси с утра до вечера, покуда тебе разрешено находиться в стране.

На следующий день я поехал в центр города, с собой у меня была только карта, GPS тогда еще не изобрели. Как ни странно, я доехал и туда, и обратно, только притормаживал иногда неправильно, и мне сигналили. Но основная головная боль была в том, что машина, собранная умельцами из автосервиса из металлолома, глохла на каждом светофоре. Какая-то проблема в электронике, которую я безуспешно пытался решить в течение последующих трех месяцев.

Еще через неделю я сдал теорию, и Андрей даже уважительно пожал мне руку:

— Молодец, теперь осталось сдать экзамен на вождение. Договорись об экзамене.

На этом положительные моменты в эпопее с машиной закончились, потому что практику я сдать так и не смог. Но это было позднее, а пока я стал ездить на работу в ресторан сам, но без прав.

Глава 6

Бас-боями были в основном местные молодые ребята после школы, которые хотели подработать. И так как заработок был относительно высок, желающих было предостаточно. Мне удавалось получить три-четыре дня в неделю, заработка не хватало, поэтому я искал и вторую работу. Я туманно представлял дальнейшее развитие событий, но понятно было, что нужно учить язык и пытаться получить образование.

Пока же я бегал по ресторану. Познакомился с мойщиком посуды по имени Джоник. Это был еврейский эмигрант из Азербайджана (и такое бывает). У него было пятеро детей, и по-английски он мог только спросить у хозяина насчет зарплаты. Джоник у меня принимал чашки и тарелки, когда я прибегал из зала. Когда с кем-то разговоришься и видишься каждый день, он неминуемо покажется тебе интересным человеком. Так и случилось. Когда я уже собирался уезжать, Джоник пытался меня переубедить:

— Ты сейчас на коне, воспользуйся этим моментом. Не спеши.

Но мне не нужно было кормить детей, и на родине меня не притесняли, поэтому я отмахивался. Тогда, к тому же, я не очень понимал, как можно представлять себя в седле, перемывая посуду. Но Джоник удивил меня, когда приехал за мной в костюме с бабочкой, чтобы отвезти на первый экзамен по вождению. Явиться туда на своей машине без прав было бы уже слишком. В Баку он работал инженером, и сейчас я уже не вижу ничего зазорного в том, что он временно занимал такую должность, пока учил английский.

Джоник с улыбкой наблюдал, как я парковался перед основным экзаменом, но парковку я первый раз прошел, к своему удивлению. Экзаменатор, мужик лет пятидесяти с огромным животом и рыжими усами, сказал:

— Ладно, это вы сдали, а теперь поедем кататься.

Кататься так кататься. Надо сказать, что, по крайней мере тогда, в Америке можно было сдавать на права на своей машине, причем без дополнительных тормозов у инструктора. Пару раз я заезжал не на ту полосу, неправильно тормозил, в конце концов, съехал с боковой дороги на фривей с такой скоростью, что он еле сдержался, чтобы не вскрикнуть, и, нагнувшись, ухватился рукой за бардачок.

Позже я понял, что во время экзамена ему запрещено было что-либо говорить.

Но когда мы остановились, он первым делом сказал прерывающимся голосом, что экзамен я не сдал, и затем уже более спокойно и долго перечислял все правила, которые я нарушил. Заметно было, что он рад, что остался жив, и, не уезжая, смотрел, как мы с Джоником отправились восвояси.

— Ничего, подучишься и сдашь, — вещал мой приятель с кавказским акцентом.

Я, наверное, сказал бы что-то подобное в таком случае тоже. Люди, за редким исключением, всегда занимают эту снисходительно-благородную позицию — мол, не переживай, мы тоже там были, и похлопывают тебя по плечу.

Второй экзамен закончился быстрее — у меня не горел какой-то сигнал, и меня сразу завернули, или инструктор попался более въедливый. Андрей уже начал понимать, что вожу я не очень хорошо и правил не знаю, но посоветовал побольше практиковаться. Но он тоже был не таким простым — нашел благотворительную организации для помощи инвалидам и пожилым людям, которая, кроме прочего, устраивала для них экзамены. Он думал, они смогут войти в положение или будут относиться не так строго. Мне эта идея не понравилась, конечно, но я промолчал.

Глава 7

На выходные мы ездили с Андреем и Ксенией в большие шопинг-центры. Как говорил Андрей, это было почти единственное место, где можно было в Детройте посмотреть на людей. И на самом деле из окна машины, в Макдональдсе или на заправке, особо никого не увидишь. Мои друзья были, правда, заняты покупками, а я пытался найти глазами хотя бы пару привлекательных девушек. Самая большая проблема в Детройте и вообще в Америке — их отсутствие, и почти полное. Красивые девушки — это редкость, а вот красивых мужчин, ухоженных и хорошо одетых, предостаточно. С чем связан этот парадокс, я не знаю.

В продуктовых отделах я искал спиртное, пристрастившись к мексиканским кофейным ликерам.

— Дима, ты что, в Риге «Моку» не допил? — Андрей, в отличие от меня, потреблял алкоголь умерено, а в Америке и вовсе стал пить только по праздникам.

Я искал крепкие ликеры, и Андрей советовал:

— Если тебе нужно побольше оборотов, возьми водку.

Алкоголь стал понемногу третьей надвигающейся тенью в наших отношениях.

Если раньше нам было весело вместе, когда мы пили пиво или даже что-то покрепче, то теперь Андрей больше думал о работе, карьере и будущей жене. Я по складу характера законопослушный человек, и ежедневная езда без прав меня выводила из равновесия. Требовался какой-то громоотвод, и я стал после ресторана заезжать в магазин на заправке и брать там ликер. Встречал там одну и ту же продавщицу, молодую арабскую женщину из эмигрантов, принявших христианство. Вспоминал сказки «Тысячи и одной ночи», когда смотрел в ее глубокие черные глаза. Раз на третий она попросила у меня паспорт, чтобы проверить возраст.

У Андрея дома был небольшой бар с напитками, и я постепенно, чтобы не было заметно, стал отпивать из каждой открытой бутылки по чуть-чуть. Так, наверное, становятся алкоголиками. Когда он это обнаружил, между нами состоялся неприятный разговор. Он стал очередной каплей, отравляющей наши отношения. Внешне ничего не изменилось, мы улыбались друг другу как воспитанные люди, но я сам начал чувствовать, что нервы сдают.

Глава 8

На третий экзамен мы поехали с Андреем. Нас встретила высокая, благочестивого вида женщина лет сорока, в толстых очках, и мы с ней стали расставлять оранжевые столбики для сдачи экзамена по парковке. Мы выстраивали их в ряды и составляли из них разные фигуры. Надо было заехать в них, среди прочего, задним ходом. С парковкой у меня было еще хуже, чем с вождением. Пару раз в городе я задевал машины, когда останавливался. После сигнала экзаменатора я начал движение задним ходом и сбил два столбика.

— Вторая попытка. Дмитрий, еще раз. — Женщина все время улыбалась.

Я развернулся, поехал и снова сбил один.

— Вы не сдали, — сказала она с радостью и снова улыбнулась.

Никакого снисхождения не было, и план Андрея провалился. Он с сожалением смотрел на меня и даже махнул рукой.

Тут я вспылил. Проехав несколько метров вперед, я опять сделал разворот и предпринял третью попытку, хотя экзамен уже был провален. И в этом состоянии сбил аж три столбика.

— Практика, Дмитрий, и еще раз практика, — сказала женщина из благотворительной организации, усаживаясь в свою машину.

Мы, однако, сели каждый в свою машину и уехали быстрее, чем она. Спасибо ей, что не позвонила в полицию. Понятно было, что я уехал без прав.

Я уже сам нашел вторую работу, дав объявление в русском магазине. Это была уборка торгового центра с помощью большой моечной машины, причем ночью. Ехать до этого торгового центра было около часа, и каждую минуту, мчась по фривею, я думал, что меня все-таки остановят и попросят предъявить права. Нервы были на пределе, и я вернулся к своему обычному режиму дня в Риге — вставать в два часа дня. Так было, когда я играл вечером в клубах.

Андрею это было не понятно, так же, как и мое пристрастие к спиртному.

— Если тебя выгонят из ресторана, ты здесь жить не будешь, — сказал он мне однажды.

Работал я неплохо и совсем не собирался заканчивать с этим, считая, что мой образ жизни не идет вразрез с зарабатыванием денег. Но Андрей думал по-другому.

Когда-то я тоже помог ему. Ведь он жил у меня перед отъездом. И я ему об этом напомнил:

— А откуда ты уехал в Америку?

Он осекся, и разговор был окончен. Не знаю, закончилась ли дружба. Мы продолжали общаться еще много лет, но уже не так, как раньше.

Я вышел из дома и поехал в ресторан, надеясь встретить там Джоника, это была его смена.

— Давай я у тебя поживу пару дней, потом сниму гостиницу в Хэмтрамике, — сказал я ему, когда мы увиделись. Хэмтрамик был самым небезопасным районом в Детройте, но там были недорогие отели, и это было недалеко от моей второй работы.

— Мы живем с женой и детьми в небольшой квартире. С нами еще ее мама. Я на самом деле не могу тебе помочь.

Тут я вспомнил, что у Джоника пятеро детей.

— Спасибо тебе. Может, еще увидимся.

Я поехал обратно и провел ночь в машине. Утром вернулся к Андрею.

— А, Дима, заходи, — сказал он сонным голосом.

— Я поживу у вас, пока не получу обратный билет, хорошо?

— Ладно.

Когда дело касалось серьезных вещей, Андрей вообще мало говорил.

Я позвонил родителям и попросил прислать мне билет в Ригу. Дней через десять я получил его, собрался, и Андрей повез меня в аэропорт. Ехали в машине почти молча, но в аэропорту он сказал на прощание:

— Ну, передавай привет тем, кого я знал. Как это... кого знавал, — сказал он и, как всегда, улыбнулся.

— Хорошо, обязательно передам. — Я представил, как буду объезжать всех его подруг и какая у них будет реакция на этот его привет. — Спасибо тебе за все.

— Пока.

Совсем скоро самолет уносил меня обратно в Ригу.

Послесловие

Сразу после приезда в Ригу я пошел учиться нормально водить машину. Курсы длились два или три месяца, и, в конце концов, я с третьего раза сдал на права. Обезьяну, наверное, тоже можно научить играть на саксофоне. От нечего делать я стал учить английский. Лена только что закончила иняз и занималась репетиторством. Мы встречались в школе, сидели за партами, и, когда договаривались о четвертом или пятом занятии, она вдруг сказала:

— А я думала, вы меня в кино пригласите.

Мы были на «вы», как врач и пациент.

— Пуркуа па?

— Что?

— Это по-французски. Помните, д'Артаньян пел. Почему бы и нет?

И все опять получилось просто и легко, как и должно быть. Вскоре мы поженились, и у нас родился сын.

Поезд, мчавшийся с невероятной скоростью неизвестно куда, постепенно снизил обороты, сошел с рельсов и стал обычным рейсовым автобусом.

Волонтер

Маленькая страна

После окончания первого курса родители послали меня летом в Израиль. Там жили друзья отца, которых, правда, он не видел уже лет пятнадцать. Я никогда до этого не был за границей и не знал даже, как они выглядят. 1990 год был одним из переломных. «Железный занавес» рухнул, и эмигранты потихоньку стали налаживать старые связи. Но этот рассказ не о политике, а, скорее, о людях. Первым человеком, которого я встретил, прилетев в Тель-Авив, был близкий приятель и собутыльник моего отца Рафик. Сам он называл себя уже Рафи и говорил с легким местным акцентом.

Рафик должен был узнать меня по кепке с надписью «Los Angeles» и олимпийскими кольцами. По такому случаю я, на всякий случай, нацепил очки и в этой большущей кепке, старомодных рубашке и брюках, худой и нескладный, имел довольно комичный вид. К тому же на мне были неизвестно откуда взявшиеся белые туфли с острыми носами. Не заметить меня было сложно, и Рафик едва сдерживал улыбку. Никакого контроля, кроме паспортного, не было, и я мог бы, наверное, провезти в своем чемодане все что угодно.

После того, как мы вышли из аэропорта, у меня было чувство, что я высадился на Марсе. Жара около тридцати градусов, солнце, пальмы и странная архитектура.

Рафик оказался примерно таким, каким я его представлял, — общительным весельчаком с небольшим животиком. Обладал он, по крайней мере в молодости, довольно харизматическую внешность и в Риге имел большой успех у противоположного пола. Рафик работал долгое время профсоюзным боссом, неплохо зарабатывал, и у него были жена, дочка Дина восемнадцати лет и сын помладше.

Он был любителем поболтать обо всем подряд, и в этом мы с ним сошлись.

— Смотри-и-и... — Он растягивал последнюю букву, — если ты говоришь о...

После этого следовала длинная тирада практически на любую тему.

Также он постоянно вставлял в разговор слова на иврите типа «тов» — «хорошо», «беседер» — «ладно» и другие, перевод которых я узнавал по мере нашего общения.

За время получасовой поездки до его дома я узнал о его семье и жизни в Израиле множество ценной информации, но его самого больше всего интересовал вопрос, что я буду там делать и чем бы меня занять. Жена Рафика работала медсестрой, и они вели, в том числе после работы, довольно активную жизнь и не очень поняли идею моего отца, что я буду работать и путешествовать по стране целых два месяца. О деньгах речь вообще не шла, но по дороге к дому Рафик выдал мне, на всякий случай, пятьдесят или сто шекелей.

— Заходи, располагайся, — сказал он, когда мы зашли в квартиру.

Его просторное жилище из четырех комнат было образцом современного евроремонта, что для меня, привыкшего к тесным советским квартиркам, было уже в диковинку. Вся модная техника типа видеомагнитофона тоже присутствовала. Каждая комната была с кондиционером, но самым интересным оказался компьютер, стоявший в комнате, в которую меня поселили.

Дина встретила и накормила нас, но о ней речь пойдет чуть позже. Рафик редко испытывал дискомфорт в общении с людьми, даже новыми, но мы с Диной почти не говорили за завтраком. Пока что мы общались как люди, которые едут в одном купе в поезде, не более того. Рафик взял в тот день выходной, и мы с ним ходили купаться на море, которое было совсем рядом, обедали в ресторане, болтали, в общем, всячески прожигали жизнь.

Вечером пришла жена Рафика, слегка сварливая, как мне показалось, женщина. Когда я уже лег спать, я через стенку слышал, как она обсуждала что-то с мужем на иврите на повышенных тонах. Несмотря на то, что языка я не знал, все же догадался, что речь идет обо мне и том, куда меня приткнуть.

В полдвенадцатого я проснулся, прошел в темноте в гостиную и застал там хозяина, возлежавшего на диване с пультом в руке перед телевизором.

— Привет. Любишь такое?

Он смотрел легкое эротическое шоу немецкого ночного канала, где прохаживались девицы с голыми сиськами.

«Еще как», — подумал я, присев рядом на диван.

Как я заметил позднее, Рафик засыпал каждый вечер с включенным телевизором, не важно, что показывали в тот момент.

— Стареет Рафик, стареет, — сказал отец, когда я рассказал ему эту историю.

По логике отца, мне сейчас должно быть, как минимум, сто лет.

Дина

У Дины была идеальная фигура. Такая редко бывает у восемнадцатилетней девушки — классика: тонкая талия, широкие бедра и высокая грудь. Плюс прическа каре из темных волос, которая, как я заметил, идет практически всем, включая мужчин. По-русски она говорила с акцентом: родители эмигрировали в Израиль, когда ей было 5 лет. Официальной причиной отъезда была ее астма, а не их недовольство советской властью. И субтропический климат полностью излечил ее.

Но характер у нее был революционный. У Рафика были проблемы из-за того, что она приходила в школу с крестиком в ухе, чего никто не ожидал от еврейской девушки. Потом увлеклась мотоциклами и гоняла с парнями со скоростью под двести километров в час. Она знала все марки байков, знала, сколько у них «кубиков» и какие мощности, любила поковыряться в моторах. Одевалась в джинсы с блошиного рынка. Это был такой протест против ее «буржуазных» родителей.

В южных странах девушки взрослеют быстро, и у Дины уже давно был парень, выходец из Марокко, высокий и красивый. В Риге редко такого можно встретить. Работают они, как правило, манекенщиками. Гай был лидером по натуре и играл профессионально в футбол, а вечером ездил с Диной на мотоцикле. И, как и многие в Израиле, не имел пристрастия к стимуляторам типа алкоголя или никотина.

Они были практически идеальной парой. Фото такой сейчас можно найти в коллекциях стоковых изображений для рекламы или маркетинга: «Красивые молодые люди на фоне лазурного Средиземного моря», или что-то в этом духе. Как часто бывает с безоблачными юношескими отношениями, они через пару лет расстались, и Дина вышла замуж совсем за другого человека, не красавца и не футболиста.

Дискотека

Дина поссорилась с Гаем и в один из субботних вечеров взяла меня с собой на дискотеку. С нами поехали еще две ее подруги. Мы уселись в кабриолет, почти как в американских фильмах. Дина не была за рулем, а вся эта троица напоминала мне группу «Лицей» — одна девушка была небольшого роста и с короткой стрижкой, вторая очень худенькой и с длинными волосами, а сама Дина похожа отдаленно на солистку.

Ночной клуб в центре Тель-Авива был совсем не похож на то, что я видел позднее в Риге. Во-первых, никто не сидел и не прятался по углам с марихуаной. Танцевали все, кто-то только стоял у стойки, чтобы взять пиво. Да, в баре было только пиво, которое отпускали в высоких и прозрачных пластиковых стаканах. Сразу пол-литра. Я тогда не курил и не знаю, может, были еще сигареты. Это все. Ни закусок, ни крепкого алкоголя, ни чая, ни кофе. И всех это устраивало.

Люди были почти все в светлой одежде или белых майках и джинсах. Больше было похоже не на ночной клуб, а на дискотеку в молодежном лагере. Мои девушки танцевали, но знакомиться с кем-либо не собирались, — а может, я им мешал. Один высокий парень, сабр (так называют коренных израильтян, предки которых приехали в сороковые, пятидесятые и более ранние годы), делал рядом с ними такие телодвижения, которые были больше похожи на брачные игры орангутана. Крутился и вертелся вокруг каждой, а они улыбались ему, держа в руках стаканчики, и ускользали, когда он приближался. Наконец он понял, что нужно поискать какой-то другой, более отзывчивый объект, и удалился.

Я чувствовал себя неуютно в первый раз на взрослой вечеринке и сначала стоял, прижавшись к какому-то столбу. Потом надел зачем-то черные очки, для крутости, наверное.

— Зачем, ты же ничего не будешь видеть, — прокричала Дина, проходя мимо меня.

После второго пива я повеселел все же и тоже пустился в пляс, но танцевал скорее со своей тенью.

На обратном пути на парковку Дина сказала мне, что здесь можно спокойно ходить ночью: хулиганов и уличной преступности не существует. Не очень я в это поверил, но в Израиле на самом деле больше боятся террористов, чем уголовников. В машине девушки совсем развеселились и пели хором песню Losing My Religion группы REM, популярной в тот год во всем мире. Ночной Тель-Авив, три девушки, кабриолет, рядом с дорогой море и пальмы — все это казалось сюрреализмом.

Нас с Диной довезли до дома, мы стали подниматься в лифте на шестой этаж, а она стояла, прижавшись спиной к зеркалу, и смотрела мне прямо в глаза. Может, пиво тоже подействовало на нас, и я провел рукой по ее волосам и коснулся шеи. Она отстранилась, опустила глаза, и двери лифта открылись. По крайней мере, Дине стало ясно, что я ею тоже сильно интересуюсь.

К этой сцене мы больше не возвращались. Вернулся Гай, а я отправился в Иерусалим, чтобы начать знакомиться со страной. Я ехал ко второму другу отца с необычным именем Аба.

По стране

В Риге Рафик и Абик были друзьями, но здесь жили в разных городах, и со временем пути их разошлись. Рафик был светским человеком: хорошо одевался, на пальце у него был перстень с черным камнем; он курил не сигареты или даже сигары, а сигариллы из портсигара, любил наслаждаться жизнью и общаться с людьми. Абик же большую часть жизни переводил у себя дома тексты с английского на русский, был довольно тихим, с лысиной, окруженной венчиком из рыжих волос. В Союзе ему приходилось нелегко, может быть, из-за врожденной интеллигентности или робкого характера, а, скорее всего, из-за необычных имени и фамилии и традиционных убеждений.

Но необходимость кормить трех сыновей заставила его, в конце концов, открыть свое дело и проводить экскурсии по Израилю, в чем помог его безукоризненный английский и энциклопедические знания истории народа. Дома у него тоже было тихо. В гостиной я не видел телевизора и ни о каких немецких шоу речь идти не могла. Вечером семья собиралась за столом, и все было церемониально и чинно. Ася, его жена, скромная женщина с очень короткой стрижкой, без слов накладывала всем еду. Мне она показалась очень грустной или задавленной тяжелой жизнью. По всему было видно, что гостей они принимали не часто.

Около месяца мы колесили с Абиком на его автобусе по стране. Я побывал почти во всех крупных городах и видел все главные достопримечательности страны. Я посетил Ашдод, Ашкелон, Тель-Авив, Иерусалим, Эйлат, Хайфу и другие городки, названия которых уже не помню. Купался в Мертвом, Красном и Средиземном морях, где вода была чистой, прозрачной и казалась бирюзовой.

Но более всего меня удивили река Иордан и Храм Гроба Господня. Точнее, я тогда мало что понимал и был обескуражен. После Исаакиевского собора в Ленинграде с его громадой и величием, комплекс храма напоминал низкую древнюю хозпостройку. Внутри было интереснее, но я подумал, что за две тысячи лет можно было построить что-то более внушительное.

Мой дед на даче часто смотрел политические передачи, и мне врезалась в память фраза: «На западном берегу реки Иордан». Она звучала множество раз из уст разных комментаторов и вызывала какое-то магическое действие. Я представлял себе такую полноводную реку, шириной не меньше, чем Волга или Ганг, мощную и одновременно страшную, на берегах которой идет постоянная война. Но оказалось, что это небольшой канал шириной не более десяти метров, неглубокий и с мутной водой. Единственное, чем она привлекла мое внимание, так это тем, что паломники совершали в ней обряд крещения и она имела библейскую историю.

Лекции Абика были захватывающими, а самыми интересными — рассказы о Золотом Городе, или Иерусалиме. Но, к моему стыду, я из них ничего не помню. И только сейчас мне стало ясно, как этот странный человек знал и любил свою страну и сколько в этой любви было страданий и горечи.

Кибуц Шиндлера

По счастливой случайности и благодаря знакомствам Рафи я попал в один из лучших кибуцев Израиля, носящий имя Шиндлера. Тогда я еще не смотрел фильм о нем и не знал точно, в честь его ли был названа эта коммуна. Кибуц — отдаленная копия советского колхоза с национальным колоритом. Название «коммуна» подходит больше. Но как он функционирует экономически, я так до конца и не понял. Помимо самих жителей кибуца, в нем работали около сотни волонтеров из разных стран. Это были преимущественно молодые люди, желающие познакомиться со страной, поработать, отдохнуть рядом с морем и пообщаться с себе подобными. Многие имели какое-то отношение к Израилю.

Председатель, женщина лет пятидесяти, привела меня к дому, в котором мне предстояло жить. Правда, домом это назвать можно было с натяжкой — небольшая постройка из белого камня с тремя комнатами и душевой. Крыши не было, а к двери нашей комнаты гвоздями была прибита табличка «Hotel Ritz». При входе на улице стоял стол, за которым сидел парень лет двадцати двух и рассматривал пустую бутылку из-под самой дешевой водки за три шекеля.

— Скучно, — расслышал я. Это английское слово я знал.

Председатель посмотрела в его сторону и сказала какую-то длинную фразу, из которой я понял только несколько слов:

— Правила простые, Дмитрий. Никаких наркотиков и алкоголь только после работы.

«То есть все остальное разрешается?» — подумал я. И парень повел меня обустраиваться. В комнате сохранялся тот же рокерский стиль — были только три кровати и тумбочки, а на стене висела большая доска с надписью «Wake Up, Time to Die» — «Вставай, время умирать», и несколько портретов Джима Моррисона разной величины. Сначала я испугался, но Том, так звали парня, своей дружелюбностью меня разубедил. Он прибыл из Новой Зеландии в кибуц на год и уже жил там несколько месяцев, зная всех других волонтеров и, в отличие от многих из них, сам на самом деле не употреблял спиртное.

Но днем, а точнее с пяти утра и до полвторого дня, все мирно работали и были, как и Том, весьма дружелюбны и спокойно относились к тем, кто слабо знал английский. Можно было выбирать между сбором фруктов и работой на ферме или на кухне. Я, как и большинство, предпочел первое. Разрешалось без ограничений есть груши, сливы или яблоки прямо с деревьев. Сама однообразная работа под солнцем не вызывала у меня энтузиазма, но после обеда и до вечера каждый был предоставлен самому себе.

Том и Мари

Кроме Тома, в нашей комнате был еще Мари, приехавший из Южной Африки. На вид ему было лет тридцать. Чем он занимался в обычной жизни, определить было сложно. Скорее всего, ничем, просто радовался существованию. У него были атлетическое телосложение и арийская внешность, курчавые светлые волосы. Я так представлял себе немцев или шведов до этого. Мне он сказал, что приехал изучать Библию, но я ни разу не застал его за этим занятием. Зато он за месяц «изучил» четырех девушек из лагеря, включая дочку председателя кибуца. Секрет его привлекательности был в простоте и тестостероне, который окутывал весь его облик.

После работы Мари лежал на кровати с закрытым глазами и слушал в наушниках Ваю Кон Диас, ту, которая пела «Ней-на-на-на». Это продолжалось дней десять, и я решил спросить у него, почему ему так нравится эта певица. Он снял один наушник и выпалил:

— Не знаю, о ком ты говоришь.

— Но ты уже больше недели слушаешь одну кассету!

— Я зашел в магазин в городе и попросил что-нибудь веселое. Пока мне нравится.

Такой утилитарный подход к музыке меня всегда удивлял. Мари потреблял ее, как кока-колу или еду. Вот что-что, а то, что я ем, меня всегда волновало меньше всего. У другого парня, который взял с собой из Англии сумку с кассетами, я спросил, знает ли он Depeche Mode, и получил отрицательный ответ. Он вроде интересовался чем-то современным, вообще любил музыку, но не знал никаких названий групп и фамилий исполнителей. Я сообщил ему несколько британских имен певцов, которых он слушал.

Том тем временем пытался учить меня английскому и недели через две сказал, что я сделал некоторые успехи, чему я был весьма рад. Пока это были совсем простые выражения, которые после поездки и в отсутствие практики я напрочь забыл. Но мы как-то могли изъясниться, а Тома очень интересовали русские матерные выражения. Приведу только пример слова Stupid, которое он применял практически ко всем, к месту и не к месту. Том гулял после работы по кибуцу и обращался к какому-нибудь парню:

— Глюпый. Ти глюпый.

После чего следовали непечатные выражения. Русский фольклор доставлял ему просто физическое удовольствие.

У меня был с собой кипятильник, обычная для советского человека вещь. Сейчас такие устройства запрещены, наверное, везде, но Том вообще никогда такого не видел. В комнате не было подобных приборов, и ему очень понравилась идея пить вечером чай или кофе. Наконец ближе к моему отъезду Том сказал мне:

— Дмитрий, мне очень нравится это, давай поменяемся.

Он достал электробритву Braun, которых тогда еще не было в Союзе. Кипятильник стоил от силы рублей пять, а его «фирменная вещь» явно гораздо дороже, но он вряд ли это понимал.

— Ну, если ты настаиваешь...

— Ты уезжаешь, а мне пригодится очень.

— Ладно, уговорил.

Бритвой я воспользовался впоследствии раза два или три, предпочитая мыло и лезвия, но хранил ее как память о своем новозеландском друге. Самым удивительным для меня было то, что через год я получил от него в Риге открытку с изображением его города и приглашением приехать в гости.

Путч

19 августа мы, как обычно, собирали яблоки с высоких деревьев. Сверху двигалась лента, и кто-то мне крикнул:

— У вас революция! Что-то с Горбачевым!

Мне дали наушники. По радио не совсем понятно и сбивчиво рассказывали, что в Союзе начался путч. Первый день было трудно определить, что происходит, но, по-видимому, это было серьезно. После работы я пошел в клуб смотреть новости по телевизору, и там неожиданно появился Рафик.

— В Прибалтике танки. Я говорил с твоим отцом по телефону. Не вздумай ехать обратно, мы тебе поможем.

Следом за ним пришла председательница и сказала нечто похожее:

— Дмитрий, ты можешь жить в кибуце, сколько потребуется.

Я был замешательстве. Мне совсем не хотелось оставаться там надолго, и я мечтал вернуться в Ригу на учебу, к друзьям и близким. Поэтому я промолчал в обоих случаях. Когда все закончилось и стали показывать Горбачева, спускающего по трапу самолета и возвращающегося в Москву, ребята дружно стали поздравлять меня, и я облегченно вздохнул. Хорошо, что переворот продлился всего несколько дней. Мои родные перенервничали гораздо больше, чем я.

Сара

Кибуц Шиндлера очень богатый по израильским меркам. Там была построена фешенебельная столовая, больше напоминающая хороший ресторан, открытый бассейн с кристально чистой водой и мраморным полом и тренажерный зал. После работы я иногда заходил в него и отрабатывал удары ногами по груше, пару лет занимался каратэ в школе. Вот и в один из последних дней в кибуце я встретил там Баса, Себастьяна, главного хулигана и пьяницу, который каждые выходные выяснял с кем-нибудь отношения, применяя физическую силу. Бас пришел уже с фингалом под глазом и наблюдал, как я занимаюсь.

— У тебя сильный удар, — сказал он мне. — Но я думаю, ты бы не смог побороть Франсуа.

Это был парень, с которым он повздорил.

— Не знаю, Бас, я в жизни ни с кем не дрался.

Приятно было, что такой персонаж меня похвалил. Я попадал в такие истории максимум в седьмом классе. При общении с людьми конфликтов избежать невозможно, но все же лучше смягчить их остроту.

— Тут тобой интересуется одна девушка, — вдруг подмигнул он мне.

«Вот так да», — подумал я и представил, что это может быть одна из двух шотландок, доярок, которые игриво на меня глядели и удивлялись моему серьезному виду, когда мы сталкивались очередной раз в душе.

— Ее зовут Сара, недавно приехала, учит русский.

Раньше я думал, что Сара еврейское имя, но оказалось, что в Англии это обычное дело. Через два дня мы уже сидели или полулежали с ней у бассейна на шезлонгах и старались наладить коммуникацию. Она действительно училась в Бирмингеме по специальности «русский язык и литература», но говорила еще хуже, чем я по-английски. Это были какие-то обрывки фраз, жесты, улыбки и попытки понравиться друг другу. Сара имела типичную англосаксонскую внешность и светлые волосы, была совсем юной и хрупкой, и я, изнуренный работой, солнцем и тренировками, заглянул в эти голубые глаза и поцеловал ее. После получасового разговора... Какой там русский язык, а тем более литература!

Забирать меня из кибуца приехали Рафик с Диной. Мы шли уже по дороге к машине, как мне на шею демонстративно бросилась веселая американка. Ей было лет двадцать шесть, и мы с ней вместе недавно собирали груши с одного дерева.

— Дмитрий, как жаль, что ты уезжаешь! — пропела она и поцеловала меня взасос.

Не знаю, зачем она это сделала, но Рафик засмеялся, а Дина обернулась и сказала:

— Да, ты тут времени не терял.

Вдалеке я заметил белое платьице, подвязанное светло-коричневым ремешком, и, как показалось, печальные глаза Сары.

***

Рафик был на работе, и провожать меня поехали Дина и Гай. Он не говорил по-русски, а Дина и на иврите была немногословна, свои самые сильные эмоции выражая действиями, порой экстравагантными. Поэтому доехали до аэропорта почти молча.

Оказалось, что выехать из Израиля гораздо сложнее, чем въехать, и меня полчаса-час допрашивал человек, весьма неплохо говорящий на великом и могучем. Наверное, это вопросы относились к безопасности, но он осведомился даже о том, что мы ели в кибуце на завтрак. Парень славянской внешности провел месяц в путешествиях по стране, потом непонятно как попал в одну из лучших коммун в стране и работал там за сто шекелей также целый месяц. В девяностом году это могло вызвать недоумение, но меня отпустили, и мы стали прощаться.

— Приезжайте в Ригу.

Я смотрел на этих прекрасных молодых людей, похожих на Адама и Еву, и думал, что мы, наверное, на самом деле живем в разных мирах.

— Прощай, Дима.

Совсем скоро самолет уносил меня обратно в родной город.

Об авторе

Автор с 2022 года живет и работает в Сиднее.

ОГЛАВЛЕНИЕ

Рижский роман 3

Знакомство..3

Общага 5

Первое свидание 10

Ольга 12

Андрей и Миша 14

Колхоз 15

Прогулки на Тейке 17

Марки и станки 20

Еще одна попытка 21

Пиво..22

Путешествие в Кельце 24

Сквер Славы 27

Такси 29

Варшава..32

Агнесса 34

«Первая брачная ночь» 35

Маша 36

Новый год 38

Возвращение 39

Конец спекуляций 40

Поездка в Москву 41

Учеба 43

Миша и казино 45

Мирра 48

Арина выходит замуж 51

Демон Алкоголь 55

Авраам 58

Встреча в банке 60

Света Номер Два 62

Отъезд в Америку 66

В Америке 69

Глава 2 71

Глава 3 73

Глава 4 74

Глава 5 75

Глава 6 77

Глава 7 79

Глава 8 80

Послесловие 83

Волонтер 84

Маленькая страна 84

Дина...87

Дискотека..88

По стране...89

Кибуц Шиндлера...91

Том и Мари..93

Путч...95

Сара...95

Об авторе...98